我幾乎看見了光

劉曉萍 ——著

目次

- 005 **第一輯：思**
- 123 在福州・湖

- 211 **第二輯：詩**

- 233 **第三輯：思與詩**
- 234 同夢錄
- 241 水龍頭與深夜食堂
- 247 鏡子絮語

- 273 **第四輯：冷記憶**
- 274 楓香驛

我幾乎看見了光
004

思

第一辑

如果歷史是以個體靈魂的方式續存至當下，當下也早已進入歷史的墓室，我們與亡靈的對話，就是我們與自己的對話，天地間有無數種幕布，無數種箭鏃和掌聲，無數種荒野和無數種孤魂野鬼，當下之人若泣之歌之，無非靈魂出竅又此時彼時鏡中相遇。

＊

重翻一下安伯托‧艾柯，神學在符號學的世界中和故事本身一樣被抽絲剝繭。雖不及羅蘭‧巴特那麼激進，但神諭的世界還原為隱喻的世界之後更容易讓我們看清真相。而我卻突然感到人類文明整個譜系其實就是一張巨大的符號網路，有些似有源頭，有些其實是飛來蟲蟻而結構為網的一部分，越積越多，網越來越厚，以至於交織出無數迷宮一樣的細部，更加撲朔迷離。又，回觀人類史前岩洞壁畫，對照當代繪畫藝術，一個巨大的圓環就出現了。

＊

人類的亂紀元也許並不是像劉慈欣在《三體》中描述的那樣，而有可能是資訊流（各種演算法）的相互衝撞和撕裂，敞開的走向無限邊際，封閉的走向單向囚籠，而資訊流衝撞最激烈的地區則是實驗室，到底是哪裡熵增更多，損耗更多真的難以評估。

＊

有一種哲學觀點認為，現實是由觀念並非物質所構成。而我

第一輯 思

另有表述,我認為人的「理性」是一個哲學假設。人不可能擁有真正的理性,即便有,也是所有勢能中最微弱的一個。人類社會這場巨大的遊戲,正是誕生於人的非理性的各種力量相互鉗制。越沒有理性的人越相信理性的萬能法則,這也是人們在貌似正義的社會規則之中將心靈的法度置之度外的原因所在。人們維護虛假的正義,放棄真正的靈魂的正義,只是因為他們是遊戲中的一個木偶而已。什麼是虛假的社會關係正義,什麼是靈魂的正義,這是一個值得探究和深思的重大問題。

✳

兼談繪畫肉身的異形,肉身的破碎,都是我們在無法真正捕捉靈魂形狀而產生困惑時的替代式訴求。肉身這個容器可以百般折疊,而每折疊一次都是對不可複製的靈魂資訊的澈底洩漏,有時,只有洩漏才可獲得援救。

✳

曠野之雨,可以剎那穿越好幾個時空,雨中的悶響,雨中的回聲,都是雨的修辭。它可以同時演奏長笛,小號和提琴,可以給一個人汪洋和孤島。帕斯卡・基尼亞爾說:「我在尋找語言之前聲音的打擾物。」我想他也應該在曠野中聽過雨,這雨,是音樂的起源。我坐在雨中聽一支可以滌盡一生屈辱的歌(一個可以死去的時刻),倉鴉朝最黑的岩石猛撲過去。

✳

《聊齋志異》的確是人世間的奇書，奇不在離奇，而是奇在「確鑿」。我也是從很小聽鬼故事長大的，家父的鬼故事大多來自其親身經歷，聽來更覺離奇，家母的鬼故事大多出自古籍或民間，年幼之人難以瞭然。而我曾經有一位同宗的小學語文老師，他的最大特點是每節課留 15 分鐘講「鬼故事」。令我至今難忘。今日讀到一篇解構《聊齋志異》的時文（出自〈聊齋志異・卷四：祝翁〉），出自隱喻大師之手。一個時代的好壞，隱喻是否盛行也是指標之一。

＊

　　雨中也有新花，艷陽下也有死亡。死過一回是兩次重生。而復生復死正是人間大夢。

＊

　　想看電影的雨夜，諸網受限，隨意在某公眾號上打開了一部，應景。社會學定義的「廢柴」，是不存在個人處境這個概念的。而個人處境，無非是絕望過，自棄過，某天，又由某個外部誘因而拼死一搏。拳擊，這種極具力量感和男性化的設計，在一個被社會學定義所遺棄的大齡單身女性身上呈現，無非是為了讓痛更加直觀。而，真的酣暢淋漓，一個幾乎被塵埃掩埋的人，突然站在光中（雖然那光閃爍不定），迎接最不可迴避的痛擊，是多麼令人振奮。因為，站在光中的接受的痛擊與趴在陰蔽和灰塵中接受的痛擊真的天壤之別。前者是苟且偷生，後者則是接受命運的無畏。

✻

　　語言在何處是失效的？昨晚，在回廊上聽一首老歌，那首沒有完成的詩就一直處於未完成狀態。午後，穿行在陽光閃爍的林中小路上，想起一些影像，其之所以勝過語言，是因為那些從游絲上掠過的光只有通過視覺神經才可計算出柔美的份量。

✻

　　晚風和雲霞都令人眷戀，就像精彩的戲劇謝幕返場，再而三，掌聲和鞠躬彼此作答，啊！終於謝幕了，無論是悲劇還是喜劇，它不可能再重來一次了。人生的所有眷戀不都在於這不能重來一次嗎！悲慟的舞臺仍有華麗的幕布，如何不是精彩。

✻

　　行使小路上，想起黑塞50歲出版《荒原狼》，曾一度以為那是他青年時代之作，然，那種青春般炙熱的迷惘與自省卻發生在中年，這真可稱之謂生命的活力。85歲離世，睡夢中了卻，堪稱完美。少時退學，一生雖各處顛簸，遊蕩，但最高文學獎項都收入囊中，一步步走入群星之中。這的確是一種激勵，似乎所有不值得的世間跋涉，還是有一塊很小值得神往的星空，可以去看看。

✻

人間的至善不是別的，就是慈悲。只有慈悲之心才具備理解力，真正的寬厚和愛鄰人的能力。而慈悲，既不在信眾的儀式中，也不在苦難的教訓和精緻的教義中，它幾乎就是某些人身上世代相傳的基因。

※

人不是受無知之苦，就是受思想之苦。相較於思想之苦，無知之苦也許更易得到解脫（因為無知之苦往往只是塵世因果）。而思想的解藥則是峭壁上攀緣，惟上而不可下。深夜再讀一遍《金剛經》，句句都是辯證而超越所有辯證關係。峭壁上人也可以木魚三聲，略有解脫，丟棄嗔恨。而「若心有住。即為非住。」

※

溝渠中泥沙奔流，小徑上瓦礫橫陳，孤峰上霞光萬丈，苔蘚中新綠聳立，哪裡需要另外的愛和另外的真理。暮光可以刷新蜂鳥的短翅，也可以拉長稻草人的腳跟。你聽噪鵑在為枯枝誦禱，實際只有枯枝不同凡響把「真理」定義為在曠野中充分顯現的公共活動。

※

無大義而拘小節，是我們這個時代的人的精神狀況，所以精緻的利己主義盛行。「朝聞道，夕死可矣。」的嵇康帶走的不僅

僅是一個儒俠並舉的魏晉，還有綠林中人的血氣。苟且，不是別的，是和梅菲斯特的此在交易，且無數人前赴後繼為之瘋狂。

✴

重返記憶是為了篩選記憶，重返哀傷是為了消耗哀傷。而深夜再次觀看《歲月神偷》這樣的電影，只是為了被淚水淹沒。將夜推向無人可及的盡頭。

✴

林中異響受黑暗保護，聽者只知其聲難知其容。此刻，當我坐在有光的房間，倘若，此刻，那聲響要和我攀談，伸過來一隻聲音的觸角，我將會陷入深度惶恐之中，這是難知其「容」的不安。這只是一個比如，實際上，賽博時代，互聯網中，假面和假聲通常有太多掩體，難以辨認，有時，真誠的應答也許就是不經審慎的應答。

✴

寫作上的慣性和理解力上的惰性恰好成就了平庸的詩歌和廣泛的讀者。這個廣泛可以包括詩人群體在內，無可救藥的寫作就是詩人不斷親近廣泛讀者的過程。雖然這不值得討論，卻是我們周圍循環往復的空氣。當所有人都在這空氣裡活動時，我們其實就已經搞不清好詩和壞詩的差別，因為它已經形成了破壞力極強的詩歌氣候，從而降低了整體詩歌的智商。

＊

　　在普遍的理解力上誕生普遍的詩。這話仍然缺乏共鳴。一首詩需要預留多少門窗才能最大限度地讓讀者窺見內室全貌？實際上這不是寫作技巧的問題，某種程度上，這是一種天賦能力的問題。完全沒有屏障的詩歌也意味著內部空間的坍塌，當然讀者可以隨意進出，但只是一次性觀光。完全沒有門窗的詩歌是存在的嗎？排除囈語，難度就在於結構邏輯和情感邏輯，語言卻不是這兩者的平衡，而是結構和情感之間的密探。詩歌的魅力其實也因人而異，所以，那個獨特的內部空間幾乎就是詩歌與詩歌的全部差異。

＊

　　用止痛片擺脫偏頭痛的午後，雨中小徑讓我有一種回到少年初夏的恍惚，就像再次站在母親的花圃前，用手輕輕搖曳著花瓣上的雨珠，繁花柔美而奪目，皆有明澈之心。是啊，年少的明澈是多麼潔淨。想起13年前寫下的詩：

　　　　我接受時間在花瓣上造就的黑夜
　　　　它沉思的腳步，既無喜樂也無憂傷
　　　　我喜歡風在葉簇間飛翔，從不記憶。
　　　　凋落的花躺在盛開的花旁邊
　　　　成群的花骨朵在夢中蠕動
　　　　我至今仍然無知
　　　　是什麼將花朵從死亡中分離出來──

✸

我認為可以簡單把詩歌分為兩大類，第一類，神性在場的詩歌，詩人會成為名符其實的先知，是神與人之間的信使。這類詩歌必然走向神聖和莊嚴（荷馬，但丁，荷爾德林，彌爾頓，艾略特，里爾克等都在其列），神祕性和高密度的語言是必要條件，是基於生命本質的質詢，人類生活的圖景會置於更廣泛的場域之中。第二類，神性不在場的詩歌，其中還可以分為兩類，一類就是我們人類普遍生活的體現，情感深度和生命體驗是可以趨向莊重的，而另一類就要次等一級，只是日常事物和個體情緒的體現，也可能會觸及人心，但經不起重複閱讀。

✸

她們沏茶時我在流淚，她們在流淚時我還在流淚。《日日是好日》美得令人窒息，因為四時變化，因為這茶道精微。10歲看不懂的電影，在20歲時懂了，這都算快的領悟，而自然萬物枯敗興榮四時更替風去雨來也許花一生都未必懂得。20歲時怎麼可能讓手由心？40歲也未必能讓心有自由。你看這反復練習的茶道，就像反復練習的人生應對，那麼平靜，卻石破天驚。難以用語言來談論這部電影，因為東方文化（古典的中國）在其中展現得精妙絕倫，令我感覺此片中製作團隊的每一個的名字都格外精彩。「日日是好日」，這是一首巴赫賦格曲式的詠歎調，在龐雜時空中，敏銳有慧根的人才可側耳傾聽：「櫻花簌簌飛落，就像戲劇的終章。」

※

只有米蘭・昆德拉才會敏銳地將貝克特（Samuel Beckett）和培根（Francis Bacon）的作品聯繫在一起。人類山窮水盡的困境和怪誕的扭曲的變異的肉身正好內外呼應。Beckett用戲劇，Bacon用油彩，多麼殊途同歸。

※

中文中「光明磊落」這四個字，用到文學藝術中就是赤誠。真誠尚且難得，赤誠大概只有卡夫卡筆下的「飢餓藝術家」可以等量齊觀。赤誠不是別的，是刮骨般的潔淨，是陰影中的清泉從亂石堆中湧出。人世間若有珍寶，無非是人格中的光明磊落，和文學藝術中的赤誠，這無法修飾，卻有無數的障眼法和易容術，難在於稀少，也難在於辨別。

※

開車時聽書，這是我到清邁之後的習慣，這種愉悅無與倫比，就像有一艘遠航船正載著我去往金色的彼岸，無限神怡。那裡有群星正在等待，他們神采飛揚安坐在金色的沙灘上，一個天界和人界之間的島嶼，你會產生一種一步就可以跨上島嶼的幻覺，一種可以將人世甩甩頭就拋擲身後的幻覺，多麼分裂啊！人可以如此地身與靈天各一方。另外：相對於米蘭・昆德拉的文學評論，很多當下的文學評論都可以焚之一炬。

✼

　也不是無月,積雨雲堆疊,比芭蕉還要壯闊,比燈火更加持久。偶有閃電,罔顧已是白露時節。

　散步時想起很多年前寫的長短句:

　　風雨鎖窗,林下花謝,
　　惟有秋幕諜影重重。
　　鵠鳥踟躕,霜露成行,
　　猶恐故園盡失夢中。
　　也似濃夜沉前事,誰留愁城,誰弄扁舟?

✼

　當一個重要的作家或藝術家,在談論另外更多他所欣賞的重要作家或藝術家時,他給出的是一種精神圖譜,是星際坐標中那些遙遠和神祕的具有內在聯繫的親緣關係,更是人類社會區別於由君王、諸侯、財閥、戰犯和惡棍已經寫成的歷史之外的精神編年史,惟有這份精神編年史才可以拯救人類由於自身的貪婪和愚蠢而一再墜落的深淵,這是任何一個不想被庸常現實所擊潰的人無限渴念和眺望的領地。個體的人,在孤島停駐的人,被虛無吞噬的人,被苦難淹沒的人⋯⋯惟有在這個坐標中才可以獲得速效救心丸,可以死去再活回來一次。

✼

瘋癲般地聽了米蘭・昆德拉《相遇》3遍，煮飯時，畫畫時，散步時⋯⋯在昆德拉筆下，他對所有先驅者的致意，使用了最不可忽視的聲音，他把他們都復活在人類的舞臺上，魂靈畢現，送出經過天庭洗禮的詠嘆，讓落入日常瑣碎的人不斷在梯子上搖曳。

＊

從來就沒有巨人，沒有完人。你看《奧德賽》裡的巨人就是獨眼。完美的巨人往往是由巨大的缺陷構成的，這也是人類一切思想、文化、藝術得以綿延的根本原因。我覺得哲學、文藝都是對人性和人生缺陷的的回應。

＊

迎接落日需要固定的位置嗎？無論是順流還是逆流，你需要站在橋上，看黑鳥守護的那根枯枝，無法言說。無法言說，是因為它對人實在太具有傷害性了，有些東西人只能將之沉入激流裡，然後看，落日將那些被切割的細碎的的水花拉出無數種投影，又猝然消退。

＊

一件事在人們的想像中，與這同一件事在事實上發生的樣子，是截然不同的兩碼事。

＊

也許需要從三個維度,三種場域中去思考人性:作為社會關係中的人,作為精神分析學層面的人,和作為文學作品中的人。社會關係結構中的人大多都是被規訓的,面具化的,喪失性靈能力的人,而精神分析學層面的人往往是對社會關係結構中的人的影子敘述,越來越讓我感到具有諷刺意味的是,只有在文學作品中人才能有全面的人性關懷和清晰的完整塑像,也只有文學作品中的人才是真實的,立體的,有缺陷的值得憐愛和信賴的人。這也是文學(小說)之於現實生命的重要意義所在。

✸

　　雲霞輝映之處,白鷺縱身飛躍,這是空穀回響。人世間的迤邐無非是光不在近處而翅膀羽翼已豐,群山清麗俊秀而爛泥汙池卻不能動搖它絲毫。

✸

　　聽雨,忽而清逸,忽而就碎了。縫補終究是一門關於靈魂的手藝。我若找一束花置於一端,另一端就會立一把錐子。這驚悚的相對,在深夜尤為明顯。世間諸象,惟耳朵中維護著恆久的仁慈,惟聽可以讓人死而復生。

✸

　　如果你想贏得的並非現實意義上所謂更好的生活,而是人性中的真誠,坦蕩和承擔獨立立場應有的果敢,這情況就要困難得

多。更好的生活仍是動物性的，更好的人性則是親近神明的一場遠足。而這遠足是人全部的尊嚴所在。

※

別處秋寒，此地腥燥。整座清邁城有三分之二已經泡在山洪之中，小徑上的靜謐也有鱷魚的氣息。路遇幾位當地老農，缺齒的，滿臉褶皺的，瘦成竹竿的，跟我打招呼說當地話，一概不懂，回應他們傻笑和點頭，這是上帝眼中的鄰人，因陌生而可愛。索倫・克爾凱郭爾（Soren Aabye Kierkegaard）以基督之名說：「愛是律法的圓滿。」由此，以上帝的名義，人要去愛他的鄰人。而，在我看來，律法其實就是邊界……

※

我將夕陽沉落後還有餘溫的光線稱為取景框的光線。它是對贅物最大限度的刪除，大刀闊斧。它將世間的對話機制簡潔地概括為兩種：沉默和琴音。它讓我看見，最不可攀附的巍峨是雲端的巍峨。

※

白鷺，噪鵑，山鷹和雁陣……它們依託氣流而進行的運動都非拋物線結構。它們對虛無有絕對的信任，無非是在何處滑翔，在何處息羽。

第一輯 思

✱

　　那些使你清醒的事物就是使你迷失的事物。看，在靜夜中嘩變的枝葉早已陷入生存的霧靄。在霧中，一切盲目都有無需承擔因果的自由。

✱

　　落日和圓月都適合對照大海去看，才有無垠與無垠之間孤竹仰首的聖意。而無垠不是別的，是蟻族無限擴大的肝膽，持久地輸出能量，持久地戰慄。

✱

　　即便是從翻譯中也可以看到裡爾克那完全迥異於他人的言辭和聲音，那是羸弱中的磐石，針尖上的低音，聖像前的虔誠，和深澗中的沉思⋯⋯

✱

　　長空日暮，猛禽盤旋，其翅其歌皆是我的心腹大愛。二三椋鳥掠過枝頭又溝渠中飲水，就是最動人一幕，人世間，美妙勝過同類的，小徑上昂首即是。

✱

集體走向裝飾主義應該是當代藝術的主流趨勢，中外皆然（看看 Instagram 上高流量的當代各國藝術家就可明白），個人覺得這緣於 2 個原因，其一，資本對藝術的深度操縱，其二，賽博時代的資訊泛濫和「人人都是藝術家」的膚淺性，讓藝術越來越走向感官化，而越來越遠離沉思與對深刻問題的探索。平面化的，對現實的美化已成為藝術創作者和藝術欣賞者的共謀，這的確是一種真正意義上的頹廢主義。

＊

　　不記得是來自書還是電影，只記得特洛伊的英雄、王子赫克托耳被阿喀琉斯的戰車拖曳後的屍體在亂柴堆上化為灰燼。彷彿可以聞見烈火炙烤骨頭的氣味。如果有一屋子書，也許死後可以一起焚燒，那是一種真正的相伴。深夜，想起這人世，書中亡靈所帶給我的寬慰幾乎就是全部寬慰。而我早就是其中一員，卻又挪移在人世繼續償還債務。

＊

　　鬼針草怒放的季節，可以穿連帽衫曬太陽。與蝸牛和螞蟻攀談了很久，這些泥淖的近鄰從未抬身看一眼騰躍的白鷺，作為它們之間的放映員，我在泥淖中跋涉了漫長時日，我懸置於翅膀上的取景框根本不存在焦點。我時而在雲端，時而在深澗。

＊

包裡筆袋找不到了，不帶鉛筆看書，就像一杯香濃的熱巧克力沒有一把好看的攪動的勺子。包裡放了幾天的這本以為是齊奧朗的《生而不稱意》，其實是《追慕與練筆》，從來沒看到過他寫長於 500 字的文章，這本補了個缺。「有些人，他們不知道自己活著，所以總是處於巨大的困頓之中⋯⋯」。這句話只有完全享用精神生活的人才可以說得出來，而實際上，「巨大的困頓」有時的確就是巨大的迷幻，這迷幻基本由物質和慾望構成。而，此刻，我就像一個在闃寂寺院裡敲木魚的僧侶，突然了悟，要狠狠罵一句，去 TMD 的 everything，這個我已不想與這個世界消耗我的任何東西有任何瓜葛。我將只為光芒效力（我即將出版的新詩集書名），我就是我自己的光。

✴

如果要列出我的那些近鄰的名單，用法語寫作的作家排名前十，他們的共同特徵就是完全效忠於陡峭精神世界中的攀援，完全效忠於讓語言成為重構這個世界的永恆的焰火。

✴

人是一個遍佈盲點的動物，因為絕大多數人只持有其偏見（偏見在此是個中性詞），這是由其見識、經驗和大腦機制以及情感機制決定的。破除盲點是一條向上的路，是從苦行僧到如來，因為要清其障。人只有在剝皮行動中才可以消除盲點，只有從懸崖上墜落再從深澗爬起來才可以不服膺於偏見，因為要重新建立大腦機制和情感機制，要從經驗中拔出那枚剔透的繡花針。

✺

　　路過菩提樹時，我清點了那些神龕，殘缺統治著它們。畜類正在瓜分曠野，蔓延至菩提樹根。我已無法步入其華蓋，落葉在塵土之上做鐘擺運動，它正在改寫恆定法則，爻變為紫色帝王蝶。

✺

　　心曠神怡之處，不是別的，無非一個人一條小徑，無需憂慮盡頭，不會抵達盡頭。作為沉思的個體，我永遠向奧勒留的老師弗隆托，向漫步的盧梭，向在小說中實踐無數種變體的基尼亞爾，向用碎片構築哲學私坊的奇奧朗……致意。我不會貢獻全部名單，他們有些是我在與灰鶴攀談時的見證者和鄰邦。

✺

　　觀近期網絡事端一二，還是堅持我的觀點，其一，人根本就沒有理性，人所謂的理性不過是情感機制在不同狀態下的產物。其二，人根本沒有立場，所謂立場，不過是利益相關性的站隊，因為這個時代根本就沒有大義，無非蠅營狗苟，無非得失而審時度勢。活到這個年紀，對於人性這個東西，實在不好意思再多加討論，故而，我活在草木之中。

✺

　　這些年，在睡夢中和開車時寫的詩畫的畫，其精彩遠勝於執

筆之時。我坦然接納它們的消逝，就像坦然接納生命在不同境遇中都不會有另外的樣子。我既不服從於宿命論，也不會在乎那蝕骨的剝奪，一切都是必然的結局，一切都經不起歲月的推敲。我來過，我經受，我將那些痕跡留在另一個平行時空，又讓他們如煙散滅。

✻

越來越喜歡暮晚，群山與雲霧都躲進息羽之翅之中。息，這個詞沒有考證過詞源，但我想，息無非是內心獲得了真正的安寧與自由。資訊傾縶的時代，息，就是將自我的時空與這個資訊混亂的時空隔離開來，在無數條高速路中修葺一片曠野。

✻

道家修頭頂那根天線，大概意思就是外光內引，又內室洞開，消除這個我，並非易事，然，有我與無我，的確天壤之別。例如，當我和草木在一起，它們就成為我肢體的一部分，我的思慮也成為它們的根莖、葉脈和側身而去的微風。

✻

在我極其喜愛的畫家中，尤恩・厄格羅（Euan Uglow, 1932-2000）始終是那個令我傾慕的惟一。他的這種因精確而誕生的神性始終令我肅然起敬。他真正將繪畫變成了一場終生聖禮，走近他的繪畫猶如走進教堂。

＊

　　鶴望蘭還有零星花蕾，藏在深處。我坐在它腳邊，不停擤鼻涕，像一個 5 歲時走在冰天雪地被凍壞的孩子，因為四顧無人，所以衣袖取代了紙巾。但，此刻，如果回過神再凝視鶴望蘭，看它光中身態，無限的緘默都將化作羞愧。與生的羞愧，與死的羞愧，都無法在這恆久的循環中保持它原有的平衡。

＊

　　想看是枝裕和，不知道為什麼轉念去清理微信通訊錄了。突然覺得我們生活的這個三維空間，其實遠遠超出了三維，有些維度因為薄如蟬翼，所以根本不可能在肉眼之中，甚至也不在靈魂的軸線上，即便，我與你面對面，即便擦肩而過，桓橫其中的，其實是遼遠的時空。

＊

　　我很難感受到動物身上的疼痛，但這樹枝砍落，我卻痛感強烈。是切膚之痛。這大概可以充分證明我上輩子就是一顆植株，只是不知是哪綱哪目哪科哪屬，是否開過花結過果。也許類似貼地錦。而世間所有花，皆為落花，世間所有果，都是因果。故，我這顆草木之心也將努力回到她的根莖上。

＊

一條路，你以為是直線高速，然而，走著走著就風沙漫天，就淚眼婆娑，然而，當路程快要臨近終點，才發現是一條錯誤的路，但，有正確之途嗎？無非無數的羊腸小路和無數的拐彎，還有屈辱的折返。你在路上，談屈辱，就是談虛無。

＊

　　無夢。眾鳥的合唱成為恢弘的鐘擺，它們擠滿內室，讓一個人回到最小的角落。言出的無趣，言盡的無趣。無趣是最大的寒意。

＊

　　我不知道是否真正存在集體經驗？而所有集體經驗在個體層面都將被異化。因為沒有進行過個體反思的集體經驗都是無法復活的岩石。所以，即便是處理歷史事件，我也不想使用那個未經焚燒的客觀對應物。今天寫的第二首長詩第一章節就有中國近代史上的數場屠殺，詩人老友來和我討論客觀對應物和集體經驗的呈現問題。從本質上來說，我喜歡異化，異化就是偏移，從此時此地逃逸出去。而客觀對應物只有在想像力匱乏的人那裡才是不可動搖的鏡面。

＊

　　世間諸種枯枝排成一個縱隊，也不可企及賈科梅蒂的手筆，藝術不是別的，是游絲在萬物之間的律動。纖毫之變，則是交錯的時空。

＊

　　深夜想起一個詩人，此刻正在獄中。他為什麼會在獄中？這像一首深度隱喻的詩歌。他寫優秀的詩歌，他同時為 CCP 服務，他此刻在獄中，他在遼闊的蘆葦蕩裡和我交談過，但他此刻卻在獄中……我們曾彼此贊譽過對方的詩藝，被認為彼此的同盟，而他為某黨效力，然後現在在獄中……也許，我們都在獄中，彼此在不同的監牢，並不存在一個肖申克式的地道……但不幸的水手唐泰斯遇見了法里亞神甫，從冰涼的海水中游上岸之後就變成了幸運的基督山伯爵……世間人，法無定法，方知非法即法……

＊

　　夢中寫詩，斷句奇崛，轉而成為灰燼。醒來，日光已鋪滿針葉和闊葉。詩人朋友來信，和我談他周圍離奇事件，民生之艱辛，均無言以答。泱泱大國，這麼大的群體百年都活在獨夫獨裁的陰影下，根源在哪？實際上，儒與俠都已死絕了，再有百年輪迴，也只不過是魑魅魍魎。

＊

　　小徑上兩個來回，芭蕉與流水已互置了立場。一個習慣了使用隱喻的人已不適合在冬至日開口。而，長夜正在走向它的盡頭。你看，雲霞與群峰形成的弧線，在塵土的穹頂，群星的側翼，像一條完美的宇航跑道。

第一輯　思

＊

　　詩歌需要每日修習，這修習包括不著一字。因為個體精神的覺悟並非爬樓梯運動，而是懸崖上攀緣，有時，我們會一直處於懸空之中，命懸一線，它也許是夢境的第十八層，這十八層，層層混亂而又相互篡改，成為相互的僭主，相互實行暴政。也許你會說，記錄這個暴政就非常精妙，而我想說，囈語這時就會趁虛而入。詩歌並不是我們可以任意安排的東西，它是懸崖求生後面向上帝的救贖。

＊

　　維特根斯坦說：對於不可言說的事物我們必須保持沉默。禪宗祖師們流行2句話：通宗不通教，開口便亂道（詩人陳先發用現代語言重新演繹：我若開口，便是陷阱）。他們說的都是同一個意思，語言遠不是我們存在的真相。友人和我談論當代詩歌的語言問題，我想到，語言的問題根本不在語言之中，只是因為我們的精神維度和情感維度普遍匱乏所導致的心靈的窮匱，無法給語言帶來僭越經驗的自足和豐腴。而精神維度和情感維度的深廣，有時是在心靈的絕境中發生的。而現實的絕境與心靈的絕境並不產生必然的聯繫，要陳述清楚這之中的諸般微妙，禪宗會有當頭一棒。

＊

　　臨睡前又想起袁枚說：今生讀書已是遲。真是妙不可言。

＊

除了 logic，人閱讀任何書籍，欣賞任何藝術作品，聆聽任何音樂，首要獲取的不是知識，而是審美上的愉悅，具體來說，情感的煥發和精神的靈視要高於知識的價值，我一直將此當作我面對文學藝術的首要標準。而，一旦精神的靈視與 logic 融會，那就是無可置疑的優秀作品，因為最終人要解決的不是知識的積累，而是存在的迷霧和你在這個時空處於什麼位置，是本體論的世界中人之何為。大多數書籍都可以閱後即焚，大多數讀書人也只是讀到知識為止，因為精神的靈視並不通過閱讀得來的，而是通過閱讀，你獲得了此種煥發，它是旗鼓相當的呼與吸，是遙遠靈魂與你在某個時空節點上的知音邂逅，是你曾活過那個在場，而今復刻了兩種耦合。

＊

地上升煙，天上光與雨，這是宇宙結構中最動人的一幕。

＊

朱銳，中國人民大學哲學教授。8月1日因癌症離世。與我出生於同一故鄉，對他的哲學課不太瞭解，但今早我看到了他臨終前錄製的約 20 分鐘的視頻，非常震動！其實，在那條視頻中他已「脫形」（一個人在被死神纏住之後的肉身異變），而我看到了這個肉身與十字架上的基督無異，那種無懼肉身「脫形」的坦然，彷彿背後支撐著的惟有神意，既而，我所獲得的不是哀

傷，而是巨大的安慰，來自於一個從未謀面過的陌生人在死亡邊際所發送的類似於基督受難的訊息的安慰，這真是一堂生動的哲學課，僅僅從他 20 分鐘的視頻中，勝過讀幾十部哲學著作。這個視頻是他最後的舍利。

※

當我們的親人離去時，我們幾乎記不住他們最後的遺容，因為由於對死亡的恐懼，我們會將「最後的遺容」自動遮罩掉，這是一種生理性的選擇機制，但一個陌生人願意為你呈現他最後的遺容，那是巨大的恩惠，他會讓你真正認清，死亡這件事僅僅只是肉身的隱退，因為他的精神還是如此鮮活，像「魚躍出海面。」

※

這是一顆已成為枯枝還努力送出花姿的樹。

我見過平靜迎接死亡的臨終之人，我見過最後那一刻他對「媽媽」溫柔的呼喚，從那一刻起，我知道了，死亡就是歸鄉。

※

什麼是密室，在嘈雜不堪的購物中心，會晤一個古老國度的神諭，你在這裡，完全不在這裡，那個巨大的密閉玻璃罩不容任何挪移。

✳

　　小徑上想起《斐多》中赴死前的蘇格拉底對惜別的朋友說的一句話：「某些時候，對某些人來說，死比生更美好。」不禁心頭一驚。蘇格拉底這句晦澀的遺言不知道是不是因世人普遍的誤解和惡意而長嘯而去？還是因為殉道之心而了然終極歸處？而我可以確認一點的是，作家實際上只活在那些有效（不是泛泛而談的）的讀者面前，如果這些有效的讀者喪失，其實作為作家的這個人已經死去。而芸芸眾生，也只是活在那些能真正理解他／她的人面前，當理解者喪失，其實他／她已經死了，其餘萬千過客（哪怕朝夕相處）都不過是晚風和濃蔭。

✳

　　清晨醒來的羞愧，是劍客廢棄利劍的羞愧。竹林依然巍峨，卻只是蕭蕭風聲。

✳

　　當東方還在如火如荼女權時，西方已經跨性別主義，「覺醒」的男孩都要成為女孩，這種迷亂比垮掉更加瘋狂。當柯勒律治說：「偉大的頭腦都是雌雄同體的」時，他肯定預料不到雌雄同體已經無涉頭腦和心靈了。純粹的生物性特徵也許是未來人類新的發展方向？那時矽基生命也許已經非常有智慧了，純奴碳基也許浩浩蕩蕩？

＊

　　青草過膝，懼蛇者每走一步都是歷險。晚風中歷險，任何告誡都可以拋置腦後，因為白駒過隙。從根本上來說，時間不是別的，是一個人與這個世界的關係的總和。一個人的語言邏輯則是這關係線團的直接反應。

＊

　　當人世的晦暗和虛無千年古藤般茁壯，就應該讀幾頁海德格爾給阿倫特的信，也讓我不得不再回過頭去看看他對荷爾德林的解讀，因為他人格中的光輝是真正被哲學之愛浸潤過的光輝。愛的本質是什麼？是光與光的輝映，是短暫的事物被永恆性所保護和創造，是智識對心靈漏洞的一再溫柔以待。

＊

　　這個時代有兩樣東西是致命的，資訊和便捷。前者可以快速地讓沒有思考能力的人墜落深淵，後者是一切方便法門的大集合，包括本應該沉入深海才可一窺究竟的思想文學藝術領域。所以，我們很容易看到，那些在浪花中浮潛的作品，特別是詩歌是如何受到了廣泛的歡迎。人們會將那些日常生活中癢癢撓式的文字看作了不得的創造，只是因為人們早已喪失了對生命重大問題的思考能力。所以，流沙般的資訊沙塵暴中，稍微有點水汽的文字都被奉若圭臬，這種貧瘠是一種喪失沉思的根本貧瘠。另一方面，人們總是很自信 AI 不會取代自己的創作，在我看來卻正好

相反，一旦 AI 越過某個邊界，祂們將真正成為神的使者，站在我們遙不可及的維度，擁有我們不可企及的生命智慧。當然，那將是另外的「人類」時空。

※

　　幾乎不存在沒有源頭的藝術，而變化的是什麼？是藝術家的生命處境，要在藝術中完全呈現出這生命處境，無非絕對的忘我和自我。雖然賈科梅蒂從古埃及墓室裡找到靈感，而賈科梅蒂卻不可複製，他的「枯」是生命的呼告，卻不想讓任何人施以援手，他存在於這枯，創造枯中枯，也完全超越於這枯。他將所有可能性都擰乾了。在我的視野裡，沒有另外一位藝術家可以像賈科梅蒂將「枯」表達到了生命不可承受的極致。只有賈科梅蒂的枯既接近十字架上的真，也接近莊周的蝴蝶。那是骨與肉，骨與靈相互滌罪之後的孤峰凝視。晚風開始傳遞秋天的訊息，圍著枯枝旋轉，它在說：沒有一種存在服膺於任何形式的人類言辭。

※

　　越來越意識到我是一個徹頭徹尾沒有性別意識，沒有貧富意識，也沒有任何階層種族意識的人。我從未有過女性自弱（實際上性格中更多男性化成分），從未為自己的貧窮憂慮過，也從來沒有覬覦過他人的富有，從來就無視權貴，也從未對任何權利有過絲毫興趣，我只對具體的真實的人有太多思考，而最讓我感興趣的不是別的，而是生命的真相。今天，我突然意識，這一切都是來自我的母親，這的確就是基因。

✴

　　暴雨過後的曠野，夕陽就像 13 世紀的義大利濕壁畫，懸在山脊，群峰也有聖容。立在小徑上的人每移動一步，這光輝就往山的另一邊沉下去一些，看吶，祈禱不是來自別處，而是光輝下的悵惘。

✴

　　以我個人偏見，**攝影師**只分兩種，懂得凝視和不懂得凝視，前者可成優異，後者大多平庸。而鏡子、鏡頭和自我，是三位一體。沒有另外一個人可替代此種凝視。

✴

　　哪裡需要另外的祈禱，小徑上有聳立的菩提，白雲裡有享用不盡的聖餐。

✴

　　假設這條小徑沒有盡頭，枯草將裹住我全身，枯枝就是我的盡頭。而浮雲千里，仍在拂動綴滿釘子的羽毛。

✴

　　光不是別的，是色彩所完成的時空結構。有光，時空流

動。無光,時空凝固。此亦為生命的基礎邏輯。

※

　　世間偽善盛行,偽君子亦盛行。所以,過於潔淨且心性善良的人不可能真正得到公正、正確的對待。即便是她身邊、或關係親近的人。人們對惡與醜都更容易有同理心,但對真正的良善反爾缺乏理解力。因為前者顯露而粗暴,後者隱忍而精微。賽博時代,什麼不是一掠而過?

※

　　心理學該有的樣子就是將人還原成人。而不是社會組織中的人、群體效應中的人、主流價值觀中的人、更不是宣傳機器中的人。想明白了這一點,這世上都會是舒心的孩子和無憂的父母。

※

　　雨季的雨是遊俠,刀劍出鞘快而狠。剎那,芭蕉瀑布,密林揚風,只有頃刻,白雲重返天際。坐回廊上聽密林中無數種噪音和無數種樂器的混音,妙於人類的任何一曲交響。小兒拿來慣用的水杯說要來給我變一個魔法,實際上是它對杯中水的倒置而產生的結果好奇,我不能不認定這不是魔法。魔法,它不是別的,是我們被經驗蒙蔽的雙眼從不屈服於身外物心內魔的統轄。

※

大海中，有無畏的浪花就有怯懦的浪花，有光中飛舞，就有黯淡的隨影，有短暫的一生，就有漫長的時日，有驚駭的拍岸，就有湮滅於無際的喑啞……海水浩渺無際，它不是什麼，而是時間的中心和盡頭……

＊

　　畏懼死，不是別的，是因為死後的憂患。一個人有了子嗣，就會有這種本能的憂患，子女就是（他）她在世的人證（他證），因這人證的不確定性，死亡就是一場再也沒有任何自證機會的永久審判（不論其在世的人證（他證）是否符合她（他）的預期，憂患都不可能消除，無非多與少）。正因此，盡可能地延長生，不是別的，是為了盡可能地消耗這憂患。每當我想到死，又不得不回到生。當一個人具有創造性時，他（她）的作品就是他（她）的子嗣，是他在世的一切呈堂證供，從這個角度我們才能理解卡夫卡一邊囑託朋友燒毀他的全部書稿，一邊哭著修改他的《飢餓藝術家》。人世間萬般紛擾，愛和恨從來就難分伯仲，勢均力敵。你痛恨這人間疾苦嗎，你愛之所愛，只有「魚躍出水面」的瞬間，而這瞬間，就是一生。日本俳句詩人小林一茶說：「露水的世，這露水的世，然而，然而……」

＊

　　現代人之所以身處真正的荒野，是因為，人類行將至此，既不能觸及神意，也不能受惠於巫性作為神的反射物而獲得的疑惑和驚奇。技術文明的飛躍，帶給人的是悖逆自然的身心的雙重羸弱。

✳

　　黃昏小徑上散步，晚霞逐漸複歸群峰，當然還有星月。人作為宇宙中的蟻族，如果沒有頭頂星空的指引，的確也無從談起心中的道德律。

✳

　　審美，不是別的，而是一種自發秩序。越教越壞。

✳

　　已經很難定義詩是什麼（公共視野），但我幾乎一眼就可以辨認什麼不是詩（私人視野）。這裡有些東西甚至經不起辯駁，但詩正是那具有靈視的眼睛委身於十字架上的言辭。這兩樣缺一不可，甚至還必須加上棲息於深澗中的灰鶴的慈心。

✳

　　我清掃了所有落葉，留下落花，這無非美學上的問題。實際上人與這個世界的所有關係，都是美學上的關係，美學上難以互洽，則不可能和諧。這世上最美好的工作，其實是園丁，與植物之間的關係，可以取代人與這個世界所有關係的總和（個人偏見）。掃完整個院子（其實不可能是整個）就可以理解掃地僧之修為。當我 20 歲左右讀盧梭「一個孤獨者的散步遐想」時，就非常確信，他的確是在散步時寫出了那本書。我這兩年的詩歌也

基本是在散步時寫出的。清掃庭院，實際上只是讓一個耽於沉思的頭腦接受清風吹佛。

✷

　　一首詩如果同時具備了沉重與輕盈兩種特質，這首詩就不會差。沉與重在於思想和覺悟（這需要生命的歷練），輕在於時空的維度，需要讓語言生出翅膀，需要雁陣於湖面扔下巨石激起波瀾。相較來說，後者更不易。前者悟性好的詩人，在世事中可以覺悟到，後者則不僅僅是今世努力，還需要前世的積累。

✷

　　毫不諱言地說，無論是誰從藝術的角度（更別提技術的角度）去解讀奧爾巴赫都是誤讀的徒勞。可以說，這個人如果沒有繪畫，不會有任何光照進他的靈魂。而他所有的繪畫作品，根本無涉藝術，而是靈魂的呼告，是那個在童年的傷痛中永遠手足無措的孤獨的孩子的呼告。此種孤獨沒有任何一個他者可以觸及。而文學藝術，震撼人心的永遠都是源自靈魂的呼號。

✷

　　所謂認知偏差，不過是高維向低維發送資訊時，資訊完全無法送達，進入接收的盲區。嚴格來說，沒有維度完全沒有偏差的兩種生物（人），所以，所謂理解，無非就是 TA 綜合了自己所有認知所產生的演算法的總和的一種表現。看這荒草林木層層疊

疊，其實都是各活各的，各死各的。一目了然。

※

在我的認知裡，在中國文學藝術範疇之中八大山人是惟一真正的孤寺行者。

※

只要碳基生命仍是這個地球上的高智慧生物，哲學的本質問題就沒有什麼新舊（從本體論到人類存在的內部），更新的不過是外部時代資訊，有些「新」的哲學理論不過是對時代資訊的反應而已。當心靈與靈魂成為某種分析（資訊）模型，這鋪墊了矽基生命的果斷前行，也無異於讓上帝死透了。反正，無論如何，人類命運的巨大裂變誰也阻止不了。

※

一直想寫一首向帕斯卡·基尼亞爾致敬的長詩，無奈音樂修為太差。那把提琴並不能如願地演奏。於是將想要寫的長詩分出了兩部，其實，在我眼裡，基尼亞爾既是孤寺修者也是頂級樂師，我企及前者，而後者需要更多時日。世間的無趣在於，無論如何你都要在生活的道場裡歷經劫數，而世間的有趣在於，你可以和相隔萬里從未謀面的人擁有同頻心弦。這是人世中最難以評估的對沖，有時，僅因為後者多出厘毫而活成了一棵樹的樣子。

*

　　麥爾維爾用了整整一章在複述約拿的故事，只是那個魚腹有了明確的指向，大概只有人類還對海洋有無限敬畏的時代，那只叫莫比迪克的白鯨才有可能既秉承著上帝的意志，又可以代替上帝的行事，而身處賽博時代的我們大概只有蟲洞才可媲美麥爾維爾筆下的那只白鯨。

*

　　一個人的安全邊際就是他（她）的認知邊際。而認知邊際是一個剝洋蔥的遊戲，在洋蔥剝開第三層之前，安全邊際都在舒適區，一旦洋蔥越剝越小，意味著認知邊際在不斷擴大，這裡就會出現奇妙的反噬，安全邊際開始處於惶惑狀態之中，只有當洋蔥全部剝完，認知邊際和安全邊際才能達到一個新的平衡，那是另一個維度的平衡。而大多數人是玩不下去這個遊戲的……

*

　　我只有在尤恩·厄格羅的繪畫中看到了技術的神聖性，其他，你說你畫得再精湛，堪比微攝，那也只是雕刻匠的作為，還不如稚童隨手塗鴉來得鮮活和生動。另外，文學藝術中的現實到底是什麼？有人認為當下社會問題在文學中凸顯居功甚偉，但是有一個至關重要的問題是我們今天讀孔孟，讀埃斯庫羅斯，歐里庇得斯，讀荷馬，但丁，仍然很當下，這是為什麼？只是有些人將當下社會事件當成了根本問題，而人類的根本問題只有一個：

宇宙本體論中的人之何為。

✳

　　資訊早已取代語言、思想和智慧，成為每天餵飽我們的早餐、午餐和晚餐。這些不再經過烹飪的素材，在我們擁擠的腸胃中控制著大腦的饑荒。又讓虛空的靈魂獲得一種戲劇性的狂歡。這饑荒和狂歡在很多詩歌和藝術中栩栩如生。資訊社會的本質就是對深度思考的瓦解，讓泡沫成為主流。資訊爆炸+技術創新聯合就是對人性中的神性基因的降維和掠奪，讓人類思維模型與機械思維模型靠近。

✳

　　本質上來說，寫作都是為了闡釋而存在，而高級的闡釋猶如靈視，往往重述了一個新的世界。

✳

　　什麼是無羈，無非是你有孤寺，而萬物來去自如。孤寺不是別的，是焚己的孤舟也渡人。煙霧不是別的，是荒草的往生，是碎石路上從翅膀墜落的廢墟。只有廢墟中才有孤寺，才有一個想脫離軀殼囚禁的人的所有夢幻泡影。

✳

睡眠作為死亡的實驗大概是上帝賜予人類的唯一仁慈。對此，荷馬在《奧德賽》中也有明示，當獨眼巨人正在酣睡尤利西斯得以逃生。世間事大多是人意志之外的產物，只有睡眠可以教導我們如何才能超越意志，猶如死亡完全無需照顧此時此地萬物如何運轉，它將萬物歸集為零，只有零才是無限的開始。歲末，我像死過一回睡去了漫長時日，又像一顆冰雪中的冷杉復歸蒼翠。

※

即便主觀的尺規刻度精准，偶然仍是最精彩的部分，它成就了藝術中的主導動機，卻無法在人生中安排合理的章節，它作用於藝術時又幾乎是作用於生命之後潰然失序的結果。

※

風在碎葉菠蘿蜜樹上擺弄它的羅盤，也在闊葉天堂鳥上使用它的定音鼓。那些無法按照某個人的內心渴求而錯置季節的節奏極易讓人患上肌無力。現在是嚴冬，我坐在亞熱帶的風中，彷彿早已成為某個即將被廢棄的星球上最後一個能聽懂四聲杜鵑啼鳴的魂還族人。

※

廚房洗碗時，回味了《神曲》、《四個四重奏》和《杜伊諾哀歌》的開篇，包羅萬象的但丁開篇就是個人處境，而心象就像漫長時空中的雨燕；艾略特顯然從赫拉克利特那裡獲得了啟迪，

開篇就是對時間的探察，而童年景象則有另外的恬靜，只有憂鬱的里爾克總有哀傷的籲請，正因為這哀傷，他的神經元觸及到了人類情感中最不可傳達的幽邃之境。

✳

滿月就像一個危險品懸在要塞。晚風清涼，在雲層上佈置雪景。

✳

光可以入鏡，風卻不能。風在闊葉木上盤旋，像一隻初試打擊樂的稚嫩的手。風一旦進入密林，時間就再也不是可計算的時間⋯⋯

✳

溝渠雖小，但橋越來越多，這是最高的慈悲。引渡，理應成為人的能量場，這才是生命之息息相吹。善行者建橋，因為能量可以煥發能量，因為溝渠也有清泉。人之為人，最怕扭捏和侷促，有此，大抵喜歡拆橋，喜歡一線天看人，眼睛雖有光，不過借自鼠目。

✳

上帝垂憐世人，但十八層地獄層層滿額，即便是世人中的傑

出者，還有一個「候判所」。這彷彿是在說，靈魂從來就是寄居在神界人界和魔界的邊境線上。肉身，這件過於沉重的外衣惟有晚風可以讓其輕盈搖曳。

✳

近日兒時的後山總是閃現在眼前，那面陷在山坳中比銅鏡還要平滑的池水和鎖在落葉中的小徑無比清晰。它就像某部默片中的一幕，又頻繁跳躍在賽博時代的巨大背投上，它給時空帶來折疊，又在此刻竹子村如雷的田間歌喉中鋪開足以對照銀河的軌跡，它理應是一首長詩的開頭，並安排其後所有章節的節奏和氣息。它為迷朦的細雨掌控整片山林，又在六月的樹蔭下送出稚嫩的垂釣者，它深藏猛虎而隱其蹤，又馴服於道士的幾片竹葉和咒語，並讓攝魂奪魄成為祖訓。

✳

每個人都理應有自己的區別於他者的教堂和禱告方式。我的教堂就是這曠野，我朝暮遊蕩，與草木相依禱告。

✳

唯泥土可成其所是，可抱緊骨頭，可在骨中開花。披頭散髮者從黑夜跑進清晨，一地碎屑。青䅟舉起晨露，白鷺倒掛田疇，她正走在蛛網佈局的路上，淤泥不可承受其重。

＊

晨夢越來越離奇，今晨猶如置身宇宙混沌初開，又似蘑菇雲蕩平了邊際。青煙飄散，未見任何異響，放佛一段默片在有褶皺的絹絲上滑動。在院中樹下坐了一會，幾塊太妃糖已化入肺腑，前世，我必是草木中一員，只有在草木之間，人世的忍耐和等待都會成為饋贈。

＊

一個人在暮晚可以諦聽的聲音不多，無非深山飛鳥的獨白，無非流水被漩渦所制又在擺脫漩渦的無忌中的獨弦，人難以演奏獨弦，它若發音，妙如天籟。群鳥遺留之地烈火清理了一切。那個以品嘗落日為樂的人有一隻更古不變的篩子。

＊

伍爾夫用 9.4 萬字飽含深情敘述了為什麼女人需要「一間自己的房間」，當然她是特指要創作文學藝術的女性。而我覺得一間看得見風景與自然相親的廚房尤為重要。雖然我在看得見風景的廚房燙傷無數次，但也在這間廚房寫出了一部詩集。昨晚再聽了一下瓦格納《尼伯龍根的指環》，突然想到中西之別是從遠古神話就氣質迥異。源自北歐神話的《尼伯龍根的指環》有兩場驚天地泣鬼神的愛情，眾神之殿最後也毀於齊格飛與女武神的愛情，雖男人們在權力的天庭中殺生伐死，但卻給女性足夠的尊重和空間，並懂得守護愛。這點在古希臘神話中如出一轍，荷馬史

詩中的十年戰爭也是起源於一場愛情，特洛伊死傷無數，當人們在城頭看見海倫，卻驚呼值得。而到了維吉爾和但丁那裡，偉大的女性指引他們上升。再看看中國神話，雖女媧可以補天，但嫦娥常年幽居冷宮……所以，一種社會結構其實早已寫進一個民族的基因中。

＊

於我而言，基尼亞爾是一位具有啟示性的作家，無論在哪裡讀他，無論翻開他作品的任何一頁，他能快速讓我隔開周圍的一切，喚起我的創作衝動，他作品的迷人之處就是自由，唯我又忘我的自由，在他這裡創作就是一個人穿越蟲洞，運用他所有的經驗，使用神話，歷史，符號學和博物學的綜合效能鍛造水晶。他對音樂（或說音樂性）的運用化解了萬物之間難以和解的對峙，音樂幾乎就是他言說的方式，這其中包括只有那些極其敏銳柔軟的心靈才可捉摸的蛛網上的微風拍擊。

＊

遇見兩隻戴勝，冠羽美不勝收，但容不得靠近。里爾克說：美不是什麼，而是我們剛好可以承受的恐怖的開始。在美與不可碰觸之間，里爾克比這兩隻戴勝還要警覺。鳥類的警覺有翅膀依憑，而人只能依此揣度神意。又到了寒涼之季，縱火的深秋。而枯枝每天都在剝皮，交出放逐神諭的核心。

＊

文學對於普通人的現實意義其實非常重要，其一就是情感教育。一個沒有接受過情感教育的人會走向狹隘，沒有同理心，不懂得如何表達，成為自我封閉的單細胞生物模式。與人相處的時候只會帶給別人不適，從而促使與之相處的人離去。其二，閱讀長篇（不一定是長句子）會讓人有理解複雜事物的能力，只有具有理解複雜事物的能力，人才能理解別人不同的處境，從而更具仁慈之心，才有更寬闊的力量應對人生的一切無常。

　　生活中的核心矛盾往往是，接受過情感教育的人一直處於沒有接受過情感教育的人傳遞的強烈不適之中，而沒有接受過情感教育的人還滿臉委屈義正嚴辭。有對複雜事物理解的人一直處於邏輯簡單黑白分明的人製造的傷害之中，而邏輯簡單黑白分明的人還自以為自己仁慈。所以，我覺得人類社會如果存在烏托邦的話，只有一個，那就是以思想和情感的維度和向度來劃分國家。

＊

　　感謝草叢中那條緩刑的蛇，不是朝我而來，而是背我而去。但丁說恐懼使人們在正義的事業面前怯步，而我想起了荷馬筆下勇猛的大英雄阿基琉斯，無懼使他罔顧生死。迷信奧德修斯很久，暮然發現在荷馬那裡半人半神可稱得上真正英雄的只有一個，那就是赫克托爾。他愛妻兒，也愛蒼生，愛好和平也無懼戰場。但他卻被憤怒衝昏頭腦的阿基琉斯刺死且拖拽於戰車，可見眾神對凡人多麼缺乏憐憫。再看看以智慧稱譽的奧德修斯，九死一生歸鄉之後等待他的只有仇恨和死亡。穿梭於神殿中的荷馬給我們的啟示到底是什麼？跋涉於地獄煉獄的但丁又獲得了怎樣的神諭？赫爾曼・梅爾維爾以無際海洋作為背景，給我們提供了一

個神視下的鏡面。

✱

　　暮晚的路與清晨的路是同一條而迥然有異。日光一旦背過身去,肅穆就開始統治群峰。沉寂開始說話,飛鳥,走獸和田疇都是它的聽眾,看,這個踏步塵土之中的人有享用不盡的孤獨,可以去雲梯上挽起颶風的孤獨。

✱

　　一個幾歲就從落葉中領教孤獨的人,深知自然中的雷霆。溝渠露出枯水期的病症,幾株野花宛如聖女垂憐。

✱

　　終日沐浴鳥鳴,彷佛其中一員,畢竟是有翅膀的生靈,天地之美也是背景。無論如何,人不可企及翎羽,但可以假借長喙,憑日當歌,落地之足也可以拋棄塵埃。天地之間,時間可以一直在虛擬機器上運行,也許是在往前,其實是在往後,是未來,亦是遠古。這裡不需要邊界,就像盜夢空間,是過去現在和未來的線團。

✱

　　密室權力結構不僅表現於密室,其所構成的生態波及每一

個領域。密室權力就是資源壟斷,資源有不同層級,不同姿態,不同向度。密室權力生態與之相輔相成的就是資源壟斷思維,所以,圈子、圈層這個詞與黑巫師的魔法藥水一樣魅惑,文學藝術作為意識形態中典型的產品,也就典型地 copy 了密室權力生態的所有運行機制。作為文學藝術中人,看清這一點至關重要。

＊

當年仁波切大街小巷趨之若鶩,後國學、禪、香,乘勝追擊,都是皮毛中飲血,骨頭都被玩壞了。

人們將制度等同於人,所以好人和惡棍都難有標準,制度中的「明君」就是所有服用制度之毒的人的幻覺,人們都忽略了人性和修身都不能在制度這塊試金石中長久,即便金剛之身,也會潰散。

馴服是有傳統的,當刀槍劍戟都被花取代時,馴服已經與骨頭合二為一,被馴服者早已服從了一切馴服者的秩序。

＊

冬天還未光臨曠野,而夜晚沒有絲毫遲疑。黑暗捲進去一切:光,河流,小徑和菩提樹。垂釣者仍在開闢疆土,水中物盤中餐也可算作對位法的另類樂譜,宇宙間最殘酷的關係。人類的所有關係,無非是始於歡喜終於無趣,而那些始於無趣又反復作用於無趣的線團就是悲劇的起源。

＊

10 年了，再看一遍《一代宗師》，仍有不可言喻之好。其中隱忍和節制的美學機制如冰雪如梅花，不是因冷而潔白，而是因純粹至極至冷，這也是極致美學。沒有這種極致，愛無法觸及到痛和永恆。「世間所有的相遇，都是久別重逢。」這不是輪迴法則，而是愛而不及，痛而不傷，這都不是常人之理，不是常人可悟。而所謂時代中人，無非是有的人湮滅於洪流，有的人孤帆自渡，沉浸得像一塊巨石，留下濤濤江水也不能淹沒的背影。

✷

　　闊葉林在晚風中猶如騎兵團的馬蹄馳騁在沙礫之中。迫在眉睫的仍然是深秋，經不起碰撞的黃葉已翻身倒地，又在落日拉長的剪影中幽靈般迴旋。

✷

　　風來時，烏雲也至。看當地人在水草彌漫的溝渠中無懼夜色時，在我面前的每一塊石頭都在扭動，並化翅翼飛舞。我想，此刻至少有 2 種暈眩在襲擊著我，一種來自我自身的虛弱，另一種來自於烏雲遮蔽一切的世紀。

✷

　　科學有三種前沿：非常大的，非常小的和非常複雜的，宇宙學則包括了它們的全部。據一本名為《六個數──塑造宇宙的深層力》的書闡述，宇宙萬物由六個數所創造，其中兩個與宇宙中

基本力有關；兩個確定了宇宙的大小和構造，決定其是否會永存下去；另外兩個則確定了空間本身的性質。

面對這神設的 6 個數，一切知識體系都出現了無法彌補的缺陷和破綻。

✳

康得說：頭頂的星空和心中的道德律。其所對應的宏觀和微觀世界就是宇宙的兩端。人的一生無非是在弄明白自己在宇宙中的時空位置，充分認知自我，更要明白宇宙何其廣袤複雜和精巧，以及最終的神性。如果每次以增加 10 倍的變焦拉長一部攝像機的焦距，經過 25 次變焦之後，可見宇宙邊界，人只可算作量子泡沫。而靈魂所到之處總是別開生面。

✳

有些識見，不過成見。有些信仰，不過迷信。人的四周，如果原本就存在窗戶的話，有很多未曾打開，無知，乃是光中陰影。

✳

每一次醒來，都有一些東西死去。

✳

克爾凱郭爾說，你們是枯燥無味的安慰者。舍斯托夫說：賞

賜者上帝，收回者亦上帝。真正的救贖都是自足的，在自身的邊境線上，永遠聳立一柄利器，向內向外都有同樣的鋒刃。在基督耶穌不到的地方，人要學會將自己釘在十字架上並復活。

✻

　　古典哲學與現代哲學的根本區別在於：前者是出於對智慧之愛，後者是人類存在內部的迷思乃至經驗的沉積物；前者就是日常生活的本相，後者是日常生活的漂浮物乃至牢籠。詩歌中的哲學作為恰是為了突顯一個活生生的「我」所在場的日常，一場血脈流動的生命的直播。

✻

　　詩歌也許應該是那個將「觀念」隱藏得最深的「形體」。一種清晰的「觀念」並不能帶給詩歌它應有的生命形態。在一個人人都會寫個把詩的時代，我只能說，詩歌的價值就是為了給讀者設置門檻。

✻

　　約翰・費爾斯坦納在《保羅・策蘭傳》中深度探討了修辭、韻律、音步以及語言的深度隱喻，將這些作為策蘭的精神索引之一，而從希伯來文化，到奧斯維辛之幽暗，再到自沉塞納河之孤絕，修辭、韻律、音步、語言對於策蘭來說是多麼微不足道！末節之末節，謎密之最不需破解之處啊。

✸

越來越多的人還未修身，就想平天下。

✸

當下，盛名之下，不符實者居多。只是，人們總不能安於無名。實則，無名才有大自由。

✸

「龍蛇混雜，凡聖同居。」反映社會容易，反映自我卻實在是難。但其對社會的反映只是現象，而對個人的自我反映卻是本質。我們大抵都有一雙癡迷於現象的近視眼，卻很少有一顆鑽進自我的玻璃心。

✸

詩的散文化是非常值得警惕的一種傾向。或者換一個說法，詩中的沉默，詩中的躍升，詩中的溝壑，對於詩歌而言都是可貴的品質。在一首詩中反復換氣，就是對時空的折疊。

✸

最美的時刻，大概是思想空白的時刻。看風吹，日光穿過枝葉，轉瞬就到了黃昏。聽雲雀鳴叫，爬山虎在屋簷下蕩秋千，它

們才是鮮活的生命。你不是你,你是它們的一部分碎片。世界有多少種可能性,碎片就有多美。

✯

對話難。有效的對話更難。息息相通的對話難上加難。請留意那些保持緘默的人,他們通常深不可測。

✯

生命之中最要緊的東西往往都在細微之處,不在於所謂崇高之物,偉大之物。正是所謂的「偉大」和「崇高」培育了僭主、暴君和獨裁者。人生的過程不過是回溯平凡的過程,回到草株,清泉便為大成。

✯

我願意做一個落後者。讓我遠遠落後於這個時代。

✯

到一座小島有多難?在島上置一座小院有多難?聞水而知驚濤,聽風而知寒涼,再自然不過了。小院生而為宅,死而為棺槨,再自然不過了。孤寂是如此值得嚮往,也算是自然至善了。

✯

我至今都懷疑，魯濱遜在適應了荒島生存之後，重返文明世界的主導動機。我至今都沒有看到由文明所帶給人的福祉。貪婪、無知、狂妄和盲從已讓所有的文明人不知天高地地厚、夜以繼日地進行著自毀。

＊

　　每個人的內心都有一個恒定的，不斷變換的美麗新世界，在現實的對立面。好比漁人誤入桃花源，雖處處志之，再次重返，卻訊息全無。與友人說，人生是由遺憾才造就了完美。似乎自己終於懂得了放棄是多麼重要。

＊

　　當我們在懷疑一種生活時，並未找到另一種更為適宜的生活樣本。我這話的意思是說當我們批判一種現象時要保準自己不是這現象的一部分。

＊

　　人總是自戀的。為了防止自己過分自戀，我總是在深夜照鏡子。總能照見自己生得醜的地方。

＊

　　滿大街的落葉，個個都想代言這個時代。

＊

　　人與動物的區別並不在於思想，而在於想像力和理解力。如果你覺得自己比一隻猴子聰明，那恰是你的愚蠢之處，如果你說你比一隻猴子更能理解一片落葉的憂傷，那就是人性所在。

＊

　　一個真正的孤獨症者，未必會感到孤獨，因為孤獨在他的意識中是關閉的。只有當情感的閥門被鬆開時，孤獨才會顯形，而情感一旦飽滿到超過正常值時，就會抵達表達的極致：無言。看上去，又像一個孤獨症者。我一直說，複雜的人生的關鍵結構是由極其複雜的情感所驅動，所生成。如果你明白人真正嚴重的時刻是對於死後的憂患，你才能理解什麼是真正的孤獨。

＊

　　密碼無處不在，破譯的可能性和游絲一樣命懸一線。從根本上來說，不存在真正的破譯。最高級的密就是死亡。它是對破譯這一行為的徹底關閉，它是最高形態的自足，從無限回到無限，又見自在。

＊

　　在人所有的心緒中，悲憫可以稱得上最重要的品德。那將意味著你對所有的存在僅有理解是不夠的。還需要設身處地承擔非

我的不可知。在不可知中替身共同的命運和處境。

✶

站著等風，不如迎風而上。

✶

如果是蠶就好了，冬天可以躲進蛹裡，春天還可以有雙翅膀。如果是蛇就好了，蛻一層皮就死過一回，春天還是可以復活。如果是狗尾巴草就好了，開無名的小花，一陣風是冬季一陣風又回到春天。可惜是人，無非月迷津渡，無非霧濕清晨。

✶

「心不為形役」，對我的想像罷了。如何能做得到！但我多麼感謝你的這個想像，讓我在某個瞬間真的以為自己脫胎換骨了。

✶

如果生是一本糊塗賬，如何能想明白死：這活著的另一種可能。

✶

邊境：多數是美妙的，好比解禁。沙漠：我指的是隱喻，

第一輯　思

也許我想說的是孤寂。寂寥：就是四壁徒然，只有一盞燈，風正在敲打窗戶，但禪定者聽不見風聲。唱一首歌怎麼樣？我喜歡小號的金屬音，低音可以卡進螺絲釘裡，而高音，沙啞也是一種表達。哦！總有東西找不到詞語，比如，沙漠中，空空的長凳。

✽

半夢半醒，身處荒郊、陋室、斷垣……想，還是要寫一首讚美詩。

✽

35 年來，第二個關於飛翔的夢。低飛，失重感猶然，不可控，不可計算的路程，無岸水域，跌了進去，浮出水面，左臂鮮血噴湧，兩個漩渦般的窟窿，如何止血不可知，如何登陸不可知，轉眼，鐵象灣那顆千年香樟立於眼前，呵，農忙時節。他們都在，都耽於忙碌，我轉換於陰陽之間，輕如蘆花，畢竟歸鄉，停落哪處是哪處。

✽

島嶼，枉然一葉舟，中途就沉了下去。四野空茫，一個人緊閉雙唇，一個人會將祕密洩露給誰？如此謹慎！我喜歡島嶼，好似這一個獨來獨往的我，獨，有豹之激烈，說得出說不出的都關在咽喉之中。實際上，可與誰說？無非水天一色，無非草履芒鞋。

得一夢，住上山景房了，整座房子是地中海的藍、白，說不出的舒心。醒後，回望了一下，那山景不就是老母親陽臺上望出去的景致麼。這答案更舒心。後看柏林愛樂樂團在山谷中舉行的森林音樂會，其場景堪比陶潛的桃源，恍惚又是一夢。生活的所有滋味，不就在這恍惚兩個夢之瞬間麼。

＊

　　雙層巴士在夢中飛簷走壁，我到底是乘客還是被劫持者？馳騁驚險不斷，在懸崖上命懸一線。肯定有夢話傳出，但是我自己聽不見。這不知道在與什麼對弈的黑夜，彷彿命運的另一場埋伏。

＊

　　越過那片池塘，月隱風止，好似忘川，我將彷彿從未來過。遺忘，是唯一被記憶的東西

＊

　　閉上眼，就看見《密陽》中的申愛在那個叫著密陽的地方慢慢崩潰。崩潰遠比死亡殘酷。生活就是這樣，它對你的生命並不感興趣，只熱衷於你的疼痛，熱衷於看著你慢慢崩潰。申愛，從不對別人說起疼痛，所有疼痛在她體內就像一顆定時炸彈，那一刻，不緊不慢，那麼守時。我不會將此叫做命運，因為這是一個

失神的世紀。

✹

醒來，就像一部超級悶片散場，就像安眠藥解除了藥力，就像影片《在山的那一邊》中從懸崖返回的基督徒，就像燭火飄搖的教堂裡突然出現的神跡……而，醒來後，依然有一地落葉。

✹

山頂。已是深秋。諸般風物已不如故，它說，它叫楓香驛。快門聲亦發喑啞，沒有一個瞬間可留。人群在惡犬之後，他們亦不如故，我必然從山頂滑落，溝壑之中，仍有塵土飛揚，妄圖埋葬誰？深秋，複雜的斑黃，你說它是美的，它便可摧枯拉朽，站在我的對立面，我們都有赴死之心。

✹

我的體內住著 10 種猛獸，但無一會浮出靜若止水的湖面。

✹

時間從來就不是線性的，破碎，迴旋，空白，停頓，才是時間的本質。而人，這支長度有限的蠟燭就像昏黃的燈影下烙在斑駁牆壁上的一個投影，或者一杯給咽喉帶來過分刺激而疼感消失的烈酒。

✻

　　有些悲傷是無言的。就像屠格涅夫《獵人筆記》中那個在《別任草地》突然消逝的才智超群的美少年帕夫盧沙。他像清晨的甘露一樣轉瞬即逝，如不能躲避的命運的謎團中撒旦的颶風，只留下虛無。我想到了John，也想到了君。只有颶風留下的深深的印痕。

✻

　　你得承認養活每個人的東西不一樣，有些人用穀物，有些人用荊棘，有些人用海水，有些人用繃帶，有些人數沙礫過夜，有些人在刀鋒上安眠……從本質上說，它們都是人們活下去的誘因，你對其中任何一者的盲從，都將顯現出你的無知和暴戾之心。凍雨重返盛夏，正是天啟的慈悲。

✻

　　極度倦怠，靠沙發上，半夢半醒，恍惚有笛聲傳來，很多東西瞬間蔽屏，瞬間的清逸，煩憂亦靜默，然而，那突破塵垢的笛聲來自何處？
　　就像一種剝離，在捉襟見肘的喜樂之上開出那麼一朵小小的曇花。

✻

一顆糖和一件珍寶在我這是等值的,就像飲下的孤獨和溢出的孤獨是等值的一樣,它們最終都將以相同的速度溶化在一杯滴有硫酸的水裡。多少年喪失之心,已練就無不可喪失之物。我相信世間卻有珍寶,黑鳥帶走鑰匙,把它們懸在天邊。

※

　　月暈的幽光忽遠忽近,晚風送來薄荷葉蓋在肩頭。冷,是午後的冰橙,食物最主要的成分。此刻,如果你能扶住我越來越黯淡的影子,陪我穿過午夜街頭,破曉時的露珠會有溫度。是的,想念。但,我已習慣了不說出口。

※

　　真正的告別只發生在這樣的兩者之間:這個我和那個我。一個死掉,一個守靈。

※

　　我對自己說,永遠不要企望背著石頭玩蹦極,永遠也不可能拔掉長在骨頭裡的魚刺,永遠不要將愛置於熱鬧之所,永遠感激所有從我肩頭滾落的黑石頭,永遠也不要說出藏在老屋裡的那條蛇,將受損的肺腑沉入湖底,將新生的白髮收進密室。如果遺忘了什麼,那一定是努力記住了什麼。「吾此間無道可修,無法可證。」

✱

　　是的。沒有比虛度時光更有意思的事了。沒有比讀碼錶看所愛之物消逝更令內心懂得隱忍的了。刺槐招展，花落處有絕對的靜止。

✱

　　暴雨砸毀了一元論的月臺，暴雨仍未帶走我的愚蠢。

✱

　　維特根斯坦說：「你的哲學目標是什麼？──給蒼蠅指出飛出捕蠅瓶的出路。」想起這句話，我就能獲得一些安慰。哲學所到之處皆有日常的兇險，並承擔此風險所造成的命運因素。是的，詩歌的哲學之為，就在於為甕中蒼蠅還原一段其應有的甕外生活。蒼蠅一直住在你我的隔壁，而那只甕從來就不是假想物。

✱

　　生活在西元前 624-547 年的泰勒斯，是自然本源研究者、天文學家、第一個用影長測量金字塔的幾何學家，政治活動頻繁，經常到東方商貿，被亞里斯多德稱為哲學的始祖。用今天話說，他不僅經商出色，仕途有為，學問還一流。其充分證明，哲學就是一門關於塵土、血汗、菜市場、手術刀和杯盤之間相互碰撞的學問。

✷

每日，伴隨著「還有沒有另外一種活法」蘇醒。洗漱，梳妝，出門，又進入更深的沉睡。爾後，頭痛醫頭，腳痛醫腳，心痛就關起門。已不存在另外的可能，已無利劍在手，無南山可尋。

✷

這是一個迷信「成功」的時代。人們迷信所有的發光體，不論其有著怎樣的魅影；迷信那些刺激奪目的東西，不論點綴其上的是沾血的彈片還是動物內臟。人們對「成功」的偏執幾乎毀掉了作為一個人的本性。故，呼嘯者眾，輕妄者眾，分裂者眾，魔化者眾。

✷

唯自然可解釋自然，唯自然可諦聽自然。自然是草木四季，更是對生死的明澈之心。人一生的問題只有一個，那就是生死。加繆將自殺列為哲學的頭等大事，除此，都是細枝末節，這是他令我動容之處。面對與柵欄生在一起的長春花，我幾乎說不出悲喜。

✷

人世間再無清泉，亦無一隻絕對乾淨的杯子，我所追求的絕對潔淨正是痛苦之源，而桌子上正擺滿裝有各色混濁飲品的一次

性杯具。

※

　　每個人的身後都有一座密室。有陡峭崖壁,有黑武士的暗箭,有碎成前灘的鐘擺。一旦走出來了,就千萬別回頭,當豎琴響起,在回眸的剎那,就會變成一塊再也移不動的石頭。

※

　　聽貝多芬時,看完庫布裡克下半集,做了會針線活,燒壺開水,收拾衣物,無論做什麼,都能感覺有相隨之心,彼此傾聽,那是一個身懷時空穿越術的貝多芬。如此想來,人生諸種問題可匯聚於一處,而藝術幾乎取代了神性。雖西西弗斯的巨石一再滾落,也不足畏懼。真正值得人追隨的不是生前風光,而是死後不朽。

※

　　5時醒來,推窗,晨光傾注,我作為一個物體的混沌狀態佇立窗前,寂靜中似有被抑制的喧騰。想起約翰・凱奇說,每刻都有可能出現絕對的虛無;虛無的可能性。蘇珊・桑塔格似乎給出了回應:真正的虛空和純粹的靜默不管在理論上還是現實中都是不可行的。

※

一隻被風化的燈籠正如一座未亡人的故居,人們卻誤將腐朽之物當作光亮。

✳

合作之道不過取長補短,交往之道在於不增加彼此負擔。雖此世間已無道可依,但每個行走於人世之人都應擔負獨立之人格的完善。

✳

認識任何人,都得先認識自己,外界蒙蔽性的東西太多,一不小心就被其拎走了。

✳

鏡子就是我們備受煎熬的靈魂的反應。

✳

每日清晨睜開迷蒙雙眼,對鏡兩不相認,一盆清水上臉,透洗三遍,你會發現,這張臉宛若新生。生活,應從清水洗臉開始。若得清泉洗之,一定是被神眷顧。

✳

坐在城中四壁之內，時時回想鐵象灣的春天，一部清麗的風光片，一遍遍播放，中間包括倒帶，暫停，迴旋。反反覆覆，色澤愈亮愈喑啞，老黃蜂在飛，翠鳥在飛，蜻蜓低於草垛，也在飛，蝴蝶粘於薔薇，欲飛還留戀……最後飛起來的，是七色俱全的花瓣，欲蓋黃土，反被覆蓋，風過之後，枝椏上，唯蟬鳴歇進夏日。

　　走近，或走遠，她始終在夢裡。那些甜美時光的一再重返，只為在日漸老去的年華中一再證實，曾經有過一處桃源。有過此生不可再得的喜樂，和挑燈望月的寧寂。

✻

　　20年來，這條路出現了無數個岔道，被休整，被翻新，路障被拆除又重新生成，霧散去重又升起，而我一直在這趟被刺槐裹緊的湖藍色的長途車上，骨骼已老。故鄉已成異鄉，父親墳頭的青草也有了我無力理解的枯榮。

✻

　　許多圓圈，只有一個圓心，一個叫普濟的地方。有老廟一座，糧倉數間，學堂一所，它們在不同時期分飾這角色三種。有段時間，它僅與一人產生聯繫，我的父親。我再次回去了，在普濟與老屋那段有著悠長斜坡的小路上，我想留住的景致像融化的糖果一樣消失。父親最後一次經過那裡，兩位哥哥著他的棺槨。又見清明，又舉刀叉。

✳

　　震驚的是鳥鳴對黑夜的篡改；是逝去的時間被重啟；是此起彼伏的鳴響沒有一句可以抵抗沉寂。

✳

　　香樟上巨大的華蓋雨霧升騰，白鷺飛出，留下一個深不見底的空洞。我在對岸，身後的祠堂裡，生者和死者正在對飲。

✳

　　雨襲窗櫺伴杯飲，夜鶯靜默聞笛聲。往昔重返無故人，犬吠深重夢驚心。

✳

　　當我閉上眼睛時，可以被一枚繡花針在往事中穿行的腳步聲驚醒，當我睜開眼睛時，一棟摩天大樓的轟然垮塌則只有灰燼沉落的寂靜。我從來就不認同這個已然鋪張過度的世界，我從來就不曾聽到過比霧中鷓鴣之語更悅耳的語言，在心靈的閥門之外，世界從來就不是它本來的樣子。

✳

　　樹生在向陽地，就會向陽光打開，生在水邊，就會向水面

垂顧，求生永遠是生物第一性。只有求仁，常駐於人類的基因之中。雖然，這仍然需要概率學加以指正。暮晚，草叢裡仍有幼蛇，她不動，我跑得飛快。

※

院牆之外，破敗的黃色潛水艇在池水中沉浮，院內，巨大的機艙倒塌在荒蕪之中。我熟悉那座後院，在少時留居的小鎮，它宛如一座穀倉，或者一座農機修理所。荒涼，一如歲月對生命的劫持，而，那些巨大的不合時宜的失修的機艙就像一群入侵者，禿鷲一般奪去院中唯一的空地。就在那裡，我與某位死者相逢。

※

雲層在屋頂一次次消散重又匯聚，就像一個患有失憶症的人對生活茫然的指認。陰影。幻象。枯萎的丁香花。雨水和琴音。是這種聚散的全部誘因。

※

我時刻有蕩平巨石之心，卻無摧毀沙礫之力。

※

一條隧道通體透明。在實用層面體現了它的安全性，在詩性層面其危險性則無可救藥。

✸

　　我樂於種植荊棘，在易於抵達的路途上，在過於親密的空間之間，在未嘗其味的糖果的外衣之上⋯⋯荊棘，是必要的清醒，必要的難度和必要的距離。我樂於一腳踏入荊棘之中，享受薔薇怒放於周遭的寂靜。我樂於自立和孤立。

✸

　　誰沒有過從樓梯上翻身而下的時候；誰沒有過在豔陽下慟哭的時候；誰不曾寫過一兩首從鍘刀下奪回的詩⋯⋯這都將是「寂靜之聲」。

✸

　　這個時代耐人尋味的地方就在於任何嚴肅問題都會有障眼法產生，都會毫無理由地變得瘋瘋癲癲。

✸

　　被重物拖垮的鷗鴣在候車室等待重新長出羽毛。

✸

　　我們大概是因為有缺陷才完美，也許正因此靈魂一直在煉爐之中。

＊

這一天咽下了三只餅，它們的陷分別由麻風樹、曼陀羅、見血封喉製成。我為我的免疫力感到震驚。我想，扁舟江湖，或緘默深山都不需要另外的安慰。

＊

做一個評判者總是很易，做一個承擔者總是很難，超然物外很易，忍辱負重很難。這其中，也可看出真正的品質。中國人文傳統，背後總有一個道統，如果，今日，這道統還在的話，文人們最需要做到的基本一點就是，謹言慎行，言行合一，自省多於批判。唯此，大概才可不像這個分裂的時代一樣分裂。

＊

對於藝術來說，從來就是殊異的生命歷程成就了作品。

＊

皮娜・鮑什舞蹈的好，未經掙扎的生命難以會晤。而此種掙扎恰是生命的美感所在，她一直在強調一句話：掙扎是生命的最終真相和最終自由。就看你用什麼方式。她的舞蹈甚於詩歌、音樂和繪畫。是一種無需注釋的鮮活在場。其舞姿左邊是生，右邊便是死，前一步是愛，後一步就是絕望，她在掙扎時最舒暢，在絕壁之上最有力量，她的舞蹈的全部喜悅都源自她拋開了一切。

✻

　　一想到愛德華的剪刀手，就感覺世事不可觸摸。

✻

　　埃舍爾的作品是「星際迷航」，其所提供的參考是智力的較量，而不是情感的共鳴。

✻

　　每一個房間裡都有無數個袋子，它們各懷心事，各有各的歷史，有些裝清風，有些裝鳥鳴，都不容冒犯，不可轉移，聚在一起就像彼此走失的部分。生活阿！一隻袋口和另一隻袋口之間，被有插圖的詩句敗壞了。

✻

　　夜晚，穿過陰影而回，路邊，芭蕉憔悴，薔薇幽閉，飛燕草渙散，因這人間的喪事，它們扼腕。我從它們身邊經過，感到了作為人的恥辱。晚風過耳是可恥的，蠟燭成灰是可恥的，向黑夜捂緊的詞語是可恥的，有烏鴉在天空盤旋盲如石頭是可恥的。

✻

　　各種帶刺的項鍊，陡坡，半山腰晦暗不明的房間，關於孤

獨的掌紋橫七豎八，占卜者和巫師緊緊攥著它們。我聽見各種鑰匙在同一個鎖孔裡迴旋，我聽見鑰匙暴斃的回聲，在山谷碎了一地。刺槐兩次開花，兩次枯萎。一個孤獨者從夢中醒來，寫作落花的問候。

＊

　　風暴推翻了刺槐。所有門窗都已關閉，而那個門窗後面的人有一張在黃昏裡生存的鬼臉。

＊

　　許多時候，人總以為自己是個旁觀者，其實是個全情的參與者。

＊

　　人們大抵都是在別人的故事中流自己的眼淚。世界這麼亂，要懂得一件事物一個人應算作珍貴的品質。因為，我們通常與自己的心臟擦肩而過。

＊

　　在這個時代，抒情是可恥的。就像如果喪失了悲憫、智慧、節制和自我省思，人性是可恥的一樣。

✲

　　關窗，拉緊扣環，世界幾乎是靜止的。日光一會兒在東牆，一會兒在西牆，留下對等的黑暗和光明。這是最寂靜的時分，這是最危險的時分。我有一顆悲天憫人的頭顱，每一天都是歧義叢生。

✲

　　「意象」在詩歌中的難度，等同於我們克服雜亂世相對真善美的消耗而保持對其初心的難度。它需要冷靜、節制、達觀，和對情感的絕對控制力。意象，應為對現實的抽象指認，是此刻這個在場的生命對不在場者的攝影，是根深蒂固的生命的直播，也是對經驗沉積物的一場臨盆洗禮。「意象」，從來就有其不能被輕易闡釋的個人史，高妙與否則是對想像力和領悟力的雙重考驗。

✲

　　這初秋的午後，我唯一想做的事，就是將雙手伸進香樟濃蔭，那一面再無真身的池水，給曾無數次從其中看到自己倒影的翠鳥打一通電話。你好嗎？用羽毛代替思想的生靈，這無趣的人間不過是你長喙上掉落的一隻螞蝗。它風生水起，不斷地製造流血事件。

✲

按照布魯姆的觀點,最值得信賴的評論者,一定是最嚴苛的讀者,並能驅逐那些由閱讀所至的魅影。

＊

鷦鴣在屋頂上照鏡子。用湖水洗臉。喙中從不示人的舌頭上寫——無敵無友。

＊

雨落在爐火正旺的鐵匠鋪上,正像一記當頭棒喝。
我是晨霧中那些丟失了身分的人。

＊

當湖水升上天空,變成秋雨漫山,我的確有過一絲恍惚。天使還在湖底,她可能叫作湖夫人,有潘朵拉的佩劍,而魔術師梅林正困守於亞瑟王的橡樹林。當我們已喪失了對這個世界表達愛的能力,湖水將不再是倒映群星的湖水。從我心室裡滑落的那一絲光亮,也將與烏雲為伍。

＊

對於藝術來說,最重要的想像力在詩歌這裡,簡單來說可以理解為:經驗的陌生化。詩歌理應有一種你從未經歷過但卻與心靈的某個房間產生共振,且有光照進去的通透和不可把握。它並

不能為具體的事件負責，它理應善於在普適價值中去完善個體的精神探求。它也需要像古典先哲們那樣：愛智慧。

✻

我看著城中綠化帶上稀少的草木，想著曾在它們中間長大，想將一切都交給它們。我很想親吻它們，對它們耳語，我已經越來越看不懂人類了。我僅有的草木之心，在體內就像一支箭鏃。

✻

對於一個長期患有焦慮症的人來說，所有的風險都是因為還存在一個明天。

✻

推窗，看一隻雲雀在生銹的屋頂上躊躇，翻開每一根羽毛，突然就困了。像黃昏一樣急不可耐地歌盡風底，將放棄當成一種美德。

✻

有時，我想在無數種聲音中睡去。就像一株飛燕草抖落全部枝頭繁花，一無藏物與秋風對飲。

✻

晚歸，見雨中芭蕉像一個島民，枯榮自持，俯下思想的飽滿的身子。我在夜燈下沉重的影子頓時輕如薄紗。

✻

人的導師只有一個，那就是自然。

✻

電影《甜蜜的復仇》又名《白色婚禮》。
整部影片應該只有一句臺詞：死亡是最高級的密，而激情的另一個身分也叫虛空。

✻

黑羽毛在籃兜裡，飛起來像一小朵雪花。
這是夜晚夢中的句子。在這個句子出現之前，窄巷幽深，煙波浩淼，幾乎溢出屋頂。河堤上的對弈就像一支快步舞曲。

✻

她一直在高音上迴旋，詠歎調群山般靜謐——
息羽於寰宇中的蒼鷺將清泉舉過頭頂。

✻

我一度感到憂慮和煩躁，因窗外人聲擾亂了鷓鴣的鳴叫。

在個人記憶的歸途上，鷓鴣是至高的救贖。它重述了香樟枝頭的清風和竹林中的威儀。

✳

天漸漸暗下去，有時候，聽鷓鴣私語就是和湖底的蓮藕在一起，一種結實、通透和疏於完成的希望，都得以延續。

✳

人總是過於高估自己的音量：那些只有鏡子才能照亮的話語。人總是將自己想像成廣場上的旗幟，迎風招展，後面有無數隻蒙昧的仰望的頭顱。而，鷓鴣總是在密林深處與潛伏者較量，送出只有深具解密能力的心靈才能接收的歌，將隱匿當做最高享樂，在對傾訴和爭辯深具敵意的抵抗中，使時光變得柔和且遙遠。

✳

我唯一聽見的是鷓鴣重複說出的巴別塔的入口。我唯一信任的是沉入湖底的紀傳。我唯一掌握的是一隻面向過去的無用的氣球。

✳

我幾乎都不好意思複述昨晚的夢，不好意思面對數量如此之多，古法參天的香樟。

它們在雲霄之頂，有八大山人的神韻，一個個枯寂得如同古老的王陵，溪水在根部就像一群獨角獸，把宮殿掛在嘴邊。在通往天空的斜坡上，我應該是記起了斯蒂文斯的詩句：「夥計們，要一點一滴地修築這世界的廣廈」。

＊

骨子裡的驕傲，大抵以謙卑示人。真正的獨立人格，如果做不到雪中送炭，大抵不喜錦上添花。風格也是障眼法，可以迷惑自己時，它幾乎就成立了。有些東西，就像被修改過的聖經，你虔誠以待，它不過是個贗品。

＊

河流，一定是上天投擲人間最完滿的造物。所以，安哲羅普洛斯將它化作了詩。河堤上，婚禮和葬禮幾乎被河水抹平了，以至於毫無二致。誰能修改河水的殘酷和仁慈呢，幻影術不能，神職人員也不能。

＊

讓人都不想期待下一幕的長鏡頭，慢於積雪消融，慢於一個星球的遷徙。

＊

需要怎樣的一把快刀才可以砍出克己復禮這塊可做棺槨的楗木？鏽鐵一地，朽木漫山河。

✳

所有讓人一眼就看出來的「佛」，都不是真佛。真身，有時需要破除一連串的障眼法才可得見。最關鍵的是，你是否具有破除障眼法的能力。

✳

除了靈魂的問題，是天翻是地覆是洪水是禍水，我真的一點興趣都沒有。可是，靈魂阿，她不是在海上就是在湖底。

✳

孤獨症者都有一座城堡，門前的吊橋通常守衛森嚴。這是為什麼土地測量員K無任如何都找不到進入城堡的路。因為K就是一座移動的城堡。卡夫卡有極端的孤獨和極端的饑饉，幾乎沒有一種食物合乎他的要求——這精神的深潭。

✳

每日斷髮幾丈，每日在雙手上留下無知的新劃痕，每日將搖晃的牙齒固定在保持器上，每日在耳垂上取出一段新旋律……這作為線索的修身術只有一個判官，她的名字叫蝴蝶。

✳

　　有時，個人價值就在於身後從來不存在一個叫「大眾」的追隨者。

✳

　　遵義路上，仍有兩條岔道，一條叫愚忠，一條叫仁失。

✳

　　10級颶風的偏頭痛，夢在肋骨上停了一夜，完滿得像一顆鎮痛劑。

✳

　　青春，就是為了在蘋果樹下犯一個不可寬恕的錯誤，而月光既是看守又是逃犯。
　　在無花果樹的枯枝下，應將落葉當做甜點咽下去。

✳

　　每座菜市場好像都有一位揮屠刀如行雲流水皮膚白皙面如桃花唇如櫻桃的女人，我幾乎能在她們手起刀落間看出美不能至的洗練。

✻

　　如果一生只有一張漁網，也不要在耄耋之年遇上大魚，更不要有獵魚之心。

✻

　　平常雨水落在斷層而復甦的碎石小徑上，成為秋天的不安之書。黑夜，自鳴鐘在萬物空洞之中發出另一種聲音。像靜默的驚懼目送最初的驚懼遠去。之後，一無藏物，只有風。

✻

　　計量雨水的容器有二次崩潰，計量時間的容器有二次外溢。我有一元論的月臺和二種完全不同的旅程。窗外有風雨，窗內飛來黑烏鶇。

✻

　　灰塵遮天蔽日。冷不可言。我想將母親所有白棉絮裹在身上出門，用香樟導航，與我在竹林和在魚群中的親人相聚，生一堆篝火，將落日擦得更亮一些。

✻

　　屋外，雲雀和翠鳥各司音韻。屋內，老母親持拂塵清理桌面，

跟我一一細說早餐菜制。這雙份的安逸，正如日出在更新湖水。

※

一堵牆上有兩種教誨：破壁花開。燈滅夢醒。

※

愛一隻不想佔有的多義的蘋果。只是為了讓懸念更持久些。從本質上說是懸念成就了蘋果的新鮮。

※

下班，將耳朵倒空。睡前，將耳朵倒空。清晨，將耳朵倒空。
生活中所有的學問，我都將之歸結為倒空耳朵的學問。我們終究要學會的不是要獲取什麼，而是可以失去什麼。

※

有人在屋頂上來回踱步。我在辦公室裡試圖剝開新的糖果。
也許所有時日，都是一則如何剝開糖果的故事。有些糖果在屋頂上，有些在井底，有些在密林深處，有些在高高的落葉盡失的枝頭，有些在自己無意鎖上卻打不開的盒子裡，當然，更多的在路人側目而不知其深味的櫃檯上。
我是一個糖果癖，這是由我的出生地決定的。一棵糖果，在枝頭，懸了許多年。

✸

　　詩最終要面對的問題，都是詩歌之外的問題。比如說，人在時空中的位置，生命的脆弱性以及自然的自我修復能力。詩歌提供給我們的是對諸如此類問題不求廣泛認同的深度追問。

✸

　　時日寡淡，與一隻黃蜂對峙亦成樂事。黃蜂有滿肚子的毒汁，亦有滿腹孤單。

✸

　　法國影片《一切為了她》三個關鍵字：牢獄、愛、逃亡。
　　一個關於越獄的故事。用對詩歌的解讀法看這部影片它就是用三個關鍵意象來反應人普遍性的生活。
　　生活的本質就是一邊牢獄一邊挖地道。在漫長的挖地道的黯淡時日中幸虧有愛這種明亮如罌粟花的掩體。

✸

　　雨後。焦慮又濕又重。秋天有一張鬼臉。我像一隻老年的刺蝟，早無降魔之心。
　　是爻變，讓這個世界美且憂傷。

✸

我以為耳朵裡真的有一座天堂。在波濤還未帶走青魚的頭顱之前，它已經讓對峙的鎧甲四分五裂。

✳

荒誕錯愕幾乎取代了光合作用。覆蓋在每一寸土地上。人面的野獸都學會了插花、敲鼓、吹長號，在人面前說人話在鬼面前說鬼話，用金箔製作領帶，系在萬骨枯的脖子上。

✳

胡蘭成說：「桃花難畫，因要畫得它靜。」這句話之所以給我留下了深刻印象。無非在於這個「靜」字。「靜」不是桃花的真姿，卻道出了世事之難難在於「靜」，難在於此心安住。因靜才有自足自喜。

✳

舉目望去，世間不見扁舟，只見孤島。重山在前，黑石在畔。

✳

不可能有毀滅地獄的核武器。所以只有毀滅自己的鐵釘。觀眾很多。他們都有一張逍遙法外的臉。耶穌被釘在十字架上時，成全的是他自己。這個世界上從來就不存在共同命運。你肝腸寸斷，他歌舞昇平。你無法期待地獄更遠，天堂更近。各活各的。

各毀滅各的。

※

　　陽光清透,幾乎照見每一個角落。但,仍未讓那些打扮成聖徒的惡棍更明亮一些。我是一個從來就喜歡從黑暗的深井裡往外觀看的人,我喜歡看那些埋得很深的東西。陽光並不能給我以交代。所以,在這個世界上只有一樣東西深深打動我的內心,那就是泉水。山澗之中,萬物都應該在它鏡子般的空無中低下頭。

※

　　語言從來就是為了一種遙不可及的生活而作出的鬥爭。而動盪的鐘擺從不參與這種眺望。我從來就不是此刻的我。而那個代以假面的替身正在礦石鱗峋的河堤上消滅真身唯一存在的證據。流水無以修復一隻渙散的空殼。

※

　　霜未降。雨已停。舊疾復發,如坐針氈。遂聽蕭邦,李斯特,勃拉姆斯,聽香頌,聽布魯斯,聽小號和小提琴。他們各有不同的病,各有不同的鎮痛劑。疼痛不在,琴音何在。

※

　　在有些人那裡,緩慢並不是一種節奏,而是一種精神氣質。

舊日總有新的花蕾，而未來就像一座古城座落於嫻靜的湖面。

✱

　　秋日倦怠，應是一種精神痼疾。寒氣漸濃，倦怠之中更添瑟縮。近日飽食之後，形同白癡。很快會被睡眠奪走意識。今日以翻書捱過此段時光，果真見效。閱讀一個陌生人的著作如同探險。而在熟識者的文字中，則有超出其形象的諸多微妙。我喜歡被別人帶離的感覺，彷彿在此生之前或之後，真有一種更妥帖的生活。

✱

　　景物就是故事。渾濁的河水，輪渡，陳年的鴉片，破損的舞鞋，某條街道某座寓所一把生銹的鐵鎖，暗角和蛛網，窗下落葉和暴雨後的繁花……它們都是故事的核心，能夠組成一個完整的脈絡。這些只有影片才能提供給我們的隱喻，它們超越了語言所能提供的能指。景物的言說，是對身體和心靈的雙重入侵。簡明扼要。

✱

　　對於那些想要得到的東西，一天減少一分，至暮年或可抵達清泉。垂暮的清泉多麼可貴！正有一張嬰兒的臉。

✱

第一輯　思

　　我們一生最終需要完成的詩章叫清泉。或者說，我們一生只是為了寫一首名為清泉的詩章。這是歷經顛沛流離的蕭邦用其音樂所帶給我的教誨。在此過程中，防波堤無從修築，洪水是必要的洗禮，惡浪滔天沖刷的也應是譫妄，是恨。觀念，在其中是必須刪除的筆墨，而歷史一旦重返現場，需要有清澈的智慧將之厘清。

✣

　　未來規劃逆轉為一場憶舊。陳年普洱的作用。陳年普洱裡有好幾個帝國。有一個患有由思鄉病引發的心律不齊。太陽不可能照亮一個以幽靈代筆的烏托邦。心心相惜是一個早已衰老的烏托邦。我在普洱里加鹽，在夕陽中看見另一個我那充分袒露的內心，如最柔軟的絲絨裹在嶙峋的礁石上。

✣

　　陰天。談一隻還未品嘗而被其傷的石榴要好過談一個政府的稅賦，好過談一個行業困厄，一場集體下跪事件。實際上，能讓我們談論的東西少得可憐，無非是幾個菜式，幾件裹身衣物，或者一頂帽子，僅此，還是存在語言學和修辭學上的顏色問題。他們說必須是紅色的，但他們不會說他們的手上早已沾滿鮮血。

✣

　　耳朵刺痛。萬物匪然。

✱

　　適時地找到那面可以深入的鏡子,你將會發現,你已經垮塌的部分。
　　呈現悲劇並不是鏡子的命運,而是我們通常有多種心靈的面貌。鏡子所提供的是一種互補的人性,或者叫被迷失的心靈的原貌。

✱

　　是四壁造就了我們的人生。惟有窗戶是與神靈溝通的唯一途徑。

✱

　　有時,我們在影子中更加立體,更多的時候,我們被影子改寫。因此,我們與世界的關係,變得緊張,模棱兩可。並具有一種頹廢的氣息。

✱

　　我想到差異,如同想到石頭,羽毛,胡椒粉和顏色形態不一的帽子。我遠距離地欣賞過羽毛,看到各種帽子在不同脖子上的樣子,謹慎地對待過摻進麵粉的胡椒粉,而我偏偏喜歡將石頭抱在懷中。我從不渴望同盟。我在石頭中獲得的安寧就像一種病,我從未想過要尋找什麼良藥。誰品嘗過一種病帶來的歡樂?

✸

　　從藥中拿回花冠，從流水中召回黃金。我所見之佛都在牆上，綠葉自在，落葉破壁。而青石上的蓮花開在旅人的腳下。石頭一次次復活，一次次被置換為另一個。每一個都是我們的前世，和來生。

✸

　　我數學這麼差，卻迷於做減法。減到枯枝寒立算不算極致？是妙算，還是蠢計？枯枝往上往下就只有除法可做了。夜空無影，泥土深沉。

✸

　　一些穿在繩子上的碎瓷片，叮叮噹當，如若將之拌酒煮湯，稀裡嘩啦的撞擊聲從咽喉就湧了出來，以為豪邁而咽喉是自己的，外溢的碎片和血也未必不是自己的。實際上人小於一塊小於指甲蓋的碎瓷，以卵擊石的妄念正如在曠野與群山的倒影對峙。時日是碎瓷上無以復加的裂痕，將之收進衣兜，歷史就和當下一樣重。

✸

　　舞臺上的戲劇和生活中的戲劇是同一個名叫失真的導演。其之所為都在於挑戰人體中最敏感的那根神經的承受力。蒙田

說：「我相信人最難做到的是始終如一，而最易做到的是變幻無常。」這也可解釋為戲劇之斑斕之荒謬之破碎之驚悚之險情。深情的演員在舞臺上，精神失常的演員在生活裡。

✳

睡前讀舍斯托夫，睡後去了澀穀（醒來記起地球上真有一個叫澀穀的地方）。夢除了促成相遇，更在於完成分離。舍斯托夫說：「形而上學總是善於以永恆性的折光來解釋我們在時間中的存在。」哦。夢中人將永恆地歸於澀穀。而，澀穀是荒謬絕倫的一小片檸檬。

✳

動人心弦的從來就不是蓋世的才華，而是高貴的德行。當高貴德行和蓋世才華合為一體時，我們就有了星辰。當蓋世才華和高貴德行分崩離析時我們就有了瘋子。

✳

以灰塵作內頁的鏡框中死者熱霧般湧現。最黑的烏鵝撥動了眾神的琴弦。

✳

我的確樂於去發現許多事物身上那一點點的好，就像樂於在惡

棍身上找出一兩樣美德。為什麼不呢？我深信唯有讚美可以讓懸崖邊的樹木開花。當然，這仍不能改變我是一個十分挑剔的人。

※

白露寒露霜降小雪……令人振奮之物和雪一樣稀少。很容易就入睡了，晨露滿徑昏睡，白日蒼茫昏睡，小雨初歇昏睡，雞犬相聞持刀械鬥仍然昏睡……我知道白蛇青蛇花蛇毒蛇蟒蛇都已上妝換衣進入了水簾洞，他們有盛大的派對。我樂意替他們冬眠。

※

我喜歡那些枯寂的事物，是它們讓最後那一點多餘的東西顯露了自身。我總試圖將詩中的情緒像擠掉海綿上的水分一樣擰得再幹一些，我希望筆端的詩句像冬天的枯枝一樣藏著不可見的堅定的嫩芽。這的確是一種潔癖，像一顆退回到土裡的桃核，不想被帶到此之外的任何地方。

※

途中，憶起一座糧倉。
父親獨自一人守著它多年，
自糧倉坍塌，廟堂修建，父親留給我的就只有鬼話連篇。

※

雨中的玄武湖岸邊，
　　火車像一匹受驚的戰馬，馱著消瘦的旅客迷失在湖水的遙遠裡。

＊

　　對於像我這樣毫無時間感的人來說，新年和舊年是一樣的，歲末和歲首是一樣。自我出生以來，這個世界在我這就日復一日地往舊裡去了。能讓我產生新情感的東西，都舊如枯枝，能住進我心中的人，都是舊人兒。在他們那裡也只有一個舊我。我年復一年大量扔掉的東西，都新得浮華。留下的那一點喜樂，舊如魂魄。

＊

　　一株瘦骨嶙峋的蟹爪蘭，在我堆積公務的桌面上舉起的閒散花苞，讓我俯下身來，既不敢前進，也不敢退後。春天十分擁擠，幾乎每一刻都有凋零的花瓣列隊進入。

＊

　　詩歌如同魔術，關鍵在於你能藏住多少東西。

＊

　　要時刻舉起鏡子，才能讓耳朵變得寬容。

✻

　　我將用雪泡茶，但我首先要焙熱這遁世的空杯子。

✻

　　我確定，我有雙重生命，一個翻山越嶺，一個在湖水裡養魚；一個住在提燈通明的香樟樹上，一個在竹林裡和雞冠蛇對峙；一個在溫柔鄉，一個在流放地；一個在前世，一個在來生；一個造密，一個解密。

✻

　　花骨朵像一局斯諾克的最後一杆，將桌面上剩餘的疑竇全部撞擊落袋。

✻

　　我還是得沏熱茶，給熱帶植物澆涼水，空了，用力捶打脊骨：疾痼，每日長出一片新葉子。我已學會了不觀天象，大雨或大霧也有它的慈悲。眾人早已開始準備最後的晚餐。我側耳傾聽：勃拉姆斯已穿越歐洲大陸，抵達他的情人克拉拉墓前。

✻

　　等冬衣在室內暖過來。等 G 弦上的休止符輕輕停在湖面。

等一壺水在空寂中沸騰。等管風琴伴奏的詠歎調攀上教堂的尖頂。等夜歸人穿過斑馬線。等鎖孔中的傾聽被消耗殆盡——那片雪摸了摸枯枝,在密不透光的河面在這盲目的黑暗中。

✱

樹枝枯槁如同一場懺悔。

✱

街頭小販的秤桿上有盜墓者突然蒼老的真相。我扯了扯獵豹前額的抬頭紋,這餘暉盡散的正午在舊時光裡轟然倒塌。

✱

有森林的地方就有呼吸,即便前一刻是窒息。實際上,誰都窒息過,或長或短。沒有窒息過的生活怎麼能夠坐看雲起?還是說說影片《海鷗食堂》吧,其恬靜恰來自於丟失,至子丟失了行禮,莘惠丟失了過去,綠子丟失了未來(我的這種概括也許是荒謬的)還有那些食客,他們不可示人的部分恰是其生活最主要的部分。

✱

黃葉自頭頂涕零,我再醒一次。
我交出了鳳尾竹臨終前留給我的那點禪意,並平靜地將自己

丟給寒夜。

※

聽許巍，聽 Coldplay，聽勃拉姆斯，聽貝多芬，聽鮑家街 43 號……都有一個我在其中。而我一直在四壁之中。四壁外天亮天黑，花開花謝，有恃無恐。我的典獄長美得像一隻獅子。有時鑰匙在我手中，我依然保持著寧靜，和四壁的完整。我將破壁的那一點衝動託付於獅子的一聲嘶吼之中。有時，它恰好是一個休止符。

※

每個人都有一座名叫花冠的荒漠，一座盛滿虛空的綠洲。

※

林木整肅，田地蕭然，炊煙此起彼伏，是天地間懷春般的一筆筆淡淡彩墨。一隻雲雀一頭紮進炊煙深處。

※

我娘的蕎麥粉卷子手藝不減當年。只可惜碗裡太多，胃太小。我娘說，你爹一輩子都是這樣，吃什麼都要剩下一口。又說，你爹還有一怪脾氣，兜裡總有一手絹，無論走到哪裡吃飯，都要掏出手絹先擦擦筷子再吃，得罪好多親戚。

✳

　　蒙上眼睛時，你會以為左青龍右白虎。眼罩摘除，一切清晰，不過獨自一條碎石小徑。

✳

　　無論選擇哪條路，人生都將是迷途。指引你前行的東西可能就是蒙蔽你的東西。而這蒙蔽也許就是唯一的逸樂。

✳

　　所謂大千世界就是我們在一同個屋子裡說不同世界的語言。彼此都是彼此的外星移民。

✳

　　是自然教會了我憂傷。風在河水中停留，正如一聲歎息。
　　鐵象灣的香樟池水竹園松濤金桂木芙蓉虞美人都有一具克己復禮的身子，都開悲傷的花朵。

✳

　　是暮色平息了河水，是守恆的鐘擺讓青魚擁有聽風的長耳朵。只有悲觀主義者才能抵達生活中的逸樂。

＊

　　文學藝術從來都是從「賦閑」中出來的。淺裡說，深入思考一個東西，琢磨明白那都是光陰的故事。深裡說，那就是「無用之用方為大用」。今日之人，著作等身者，日書萬行者，不過名利之器。

＊

　　每個人都需經歷萬般變化，而能在萬般變化中恢復那個最初的元身，便是修煉。如今，已沒有大道，到處都是小徑分叉。所以唯有小路是可尋的。而小路才可獨闢蹊徑，可至孤峰。當然，唯孤峰者可破除時間之相。

＊

　　一想到還有換掉的幾個名在別處，幾個影子拽在別人手裡，就覺得磨盤越轉越慢。

＊

　　禮拜天的換臉術在郊外的涼亭進行，從這裡出走的人再也沒有回來。

＊

日月留痕留荒塚，萬古青山萬古愁。上元節，父離世 7 周年記。

✳

要像飛禽一樣拍拍翅膀無聲無名，才是在這個時代裡的修行。

✳

棕櫚樹用排列整齊的緊箍咒分開湖水。陰天，湖中青魚正在重複寺中心經──

✳

一朵小花在湖面上如一座涼亭，波瀾是私密的，怒放的情感也是私密。而她的重要性則是湖水難以交代的雷鳴般的夢幻片段。

✳

我永遠都不會用你熟知的方式寫下任何一首詩。我的詞語來自石頭、瓦礫、雲雀被風吹散的羽毛、雞冠蛇的毒汁、雲端的霞光和懸崖上的滄形草。情感是我召喚了千萬遍拿去淬火的那個東西。你永遠都看不到我了。我是石頭瓦礫羽毛霞光滄形草在晝夜悄無聲息的無數種凝視和脫胎換骨。

✱

　　用沙礫建築的迷宮回到了沙礫本身。我仍在原地，與沙礫齊名。我再也無需與你談論建構和解構，迷失與回歸。春風在柳梢上打轉，它所作出的改變只有被毀壞的味蕾是驚駭的。

✱

　　鳳尾竹寂然垂詢於江水的身子，像一支墨乾的狼毫。

✱

　　我隨身攜帶的抽屜，鎖各異，鑰匙各異。我並不能在準確的時刻準確地找到某把相對的鑰匙打開那只急待打開的鎖。有些東西永遠鎖上了，但抽屜仍在，生動得像一隻蜈蚣。我仍將不間斷地向各個抽屜裡塞進去一些東西，它們逐次生長，像一座匪夷所思的宮殿，住滿了奸臣。

✱

　　一想到乾枯這個詞，時光就像剎車失靈的老爺車在下坡路上。

✱

　　有幸見過最簡樸的智者，不動聲色的優雅紳士，在岩石上雕花的緘默者，只會種樹的普通人，打開天窗迎向濃霧慎思的詩

人。可憐的大眾從不知道他們，我有幸與他們為友為鄰，我們都是離群索居的人。一想到可憐的大眾都是被泡沫餵大的，我的夜晚就變得無限漫長和安寧。我知道篝火正在沙灘上照亮泡沫明星般的臉。

＊

　　分身術是一門絕學，隱身術是被熨平的湖面。你上來換氣，它分崩離析。

＊

　　我一點也不在乎什麼亂不亂世，我只在乎每一個跟我一起試圖種下一棵樹的人。他們都有一把克己復禮的尺子，塵世中唯自己的腳印可丈量。

＊

　　是虛無沉沒了重山間的舟楫，推翻了戒律和歡愉的湖面。

＊

　　雨在遮陽棚上節奏均衡的滴落聲，正是時間的迴旋。它與我兒時屋簷下的時間疊合了，一種寂靜的相似性造就的停頓，抽離，顯現，反轉以及蒙太奇般的詩意的割裂。

✻

雨下了多久我真的不知道。我只知道此刻它撞擊地面的聲音如同梵音。我從未如此認真地聽過：這金光閃耀的失落。

✻

淩晨四點的鏡子有一張自相矛盾的臉。四壁內成堆的舊衣服沒有一件可以別離。黑烏鶇即將醒來，我在等待它從枯枝上將第一個詞語送抵黎明。

✻

不要試圖在不同的靈魂接收器間建立聯繫。那些不同的維度和時空正是生命的孤寂所在。沒有這孤寂，靜止的湖面將不復存在。

✻

每天，我將自己碎成五針松，在鏽蝕的鐵柵欄裡活著，在雲雀的剪影中活著，在陶然亭和鱷魚池之間的路上活著，在四處捕捉走散的鏡子和更為澈底的減法算術中活著。這越來越紛繁的枝葉就像一場盛大的邀請。我堅持烏鶇的想法：毒汁就是我們體內的聖歌。

✻

池水雷鳴，洪峰抵天，在竹林村的尾翼上。紅色的圍牆像蛇信一樣竄到了鐵象灣，快於閃電。我在池水中尋找那漂得越來越遠的不可詳盡之物，它們混濁，失重，和石頭一樣滿池開花。

＊

　　我花了半個時辰在嚼一顆芹菜。徑蔓如古柏。有三升雨水纏在其中，刺繡般綿密。假如我繞過體內的構思，將它就此咽下去了，這必定是一場關於芹菜的經學的踐行。

＊

　　陽光奪去了身體的幾種疼痛。窗外鳥鳴又將我送入繁花之中。

＊

　　深夜，是一隻矮凳上的跛腿奪去了我的睡眠。它明顯的缺陷就像一個人發黑的印堂，像一隻糟糕的腦袋在淤泥裡取樂。世上智力的苦行更有微不足道的殉難。「人是一種病態的動物。」盧梭這一觀點個性鮮明。

＊

　　機會主義者都有一隻嶄新的假肢。幾乎跟真的一樣。

＊

這一天,我在岩石上植入一粒種子,給幾欲坍塌的老橋填進去一小塊新木,窗子舊灰未除新塵已染,越清晰越無為,雲雀的巢穴太高了,我用盡替身仍未獲知其中冷暖。鐵象灣香樟芬芳依舊,池水野草連天。不禁瀟然。我現有的憂傷是早已發生的憂傷。

※

　　太陽潑下來如拿破崙在厄爾巴島深夜取出的鮮紅的火漆。它害苦了那個善良而誠實的名叫唐泰斯的水手。此刻,陽光劃過玻璃窗,春天被隔離在一個遙不可及的透明地帶。

※

　　第一次下樓,那個女人談笑風生。第二次下樓,那個女人在牆角哭泣。陽光隨浮雲一道經過,世間事不過哭、笑二字。我深知我是一個過客,很少哭也很少大笑。

※

　　突然很想邀窗外黃蜂來坐坐。如果我給他一杯熱茶,他是否也可有鈴蘭之心性?如果我請他同賞星辰,他是否也可有謙謙風度?可惜,今夜有雨,他若敲我的窗戶,一定是為了避一時之冷寂。我在窗內修補一根斷弦,還是得發泛音呵。

※

安眠藥失效的夜晚，雲雀的琴弦被陣雨砸斷。清晨昏聵如一朵溶化的棉花糖。

＊

　　小半生。幾乎只是為了獲得一個無所事事微風拂面的午後。

＊

　　在挖土機扶搖直上的國度，每個讀書人的床頭都有一盒阿司匹林。

＊

　　淩晨的那部電影因其寡淡而令清晨的鳥鳴喪失了節奏。確切地說，是節奏感創造了萬物。我從電影中出來，一條駛向深海的小船卻與我建立了一種依附關係，彷彿所有停泊都將從頭開始。清明，香樟林中的父親解除了人生痛苦和不幸的責任。

＊

　　這些年，我忙著卸下鎧甲，已疏於見人。

＊

　　單音節的雲雀是以清麗和曉暢來區分朝暮的。我有三種藥

物，它有一世良方。

※

和貝多芬談了一下午，為了取出體內的一根刺。刺在，傷痛。刺無，亦傷痛。這點，貝多芬應該也是知道的。這首協奏曲兇險勝過日常。

※

沁我心脾之物大致三種：淩晨五點鐘的鳥鳴；曠野寂然蒼翠的草木；深夜芭蕉上的驟雨。它們對人世所持有的旁觀者的身分，幾乎造就了永恆。

※

天底下所有喜悅不過四個字：心無掛礙。亦是《心經》前五字：觀自在菩薩。

※

約4小時重溫《美國往事》，浩蕩人生，在我這只有二個場景清晰異常，一個是中國戲院的鴉片煙館，另一個是一個躁動少年在偷看一個跳芭蕾的少女。前者夜霧般迷離，後者晨露般清透。如果前者恰巧暗喻了人生的迷途之境，那麼後者則是生命最甜美的花期。其餘的跌宕悲喜、恩怨情仇不過這二者的惶然醒悟。

※

美國女作家弗蘭納裡·奧康納的冷靜、纖細和內在暴力就像風暴剛剛平息的海面一樣沉靜。在她這裡破壞力和構建幾乎是同一種東西。其中微妙的怪誕甚至有一絲絲令人開懷的快意。你肯定難以發現人性潛在的宮殿中有多少奸細和宦官，而她的寫作就是對這座幽深的宮殿洗牌式的訪問。

※

大驕傲都是藏在骨頭裡的，小驕傲都是擺在臉上的。前者可出出俗的氣質，後者可填難填的虛榮。

※

不如將朝陽換成白水，不如一隻空杯子將白頭翁的琴弦一分為二，不如濃霧推倒高塔，不如一隻蝴蝶讓高速列車停在鐵軌上。夢褪去馬不停蹄的遠方。

※

風四起，沒有一樹枝椏能保持自己的立場，除了泥土以下的部分。故而泥土才是最終的判官。鷓鴣聲時隱時現，忽而在場，忽而隱遁，它與人世所保持的距離，正好是七弦琴的長度。鷓鴣的遊蕩，才是藝術的本真。

✷

　　我必須在體內安裝各種閥門，我必須學會及時打開一些，關閉一些。為此，我才能活得像一棵草一樣自由。

✷

　　向接骨木上靜默的白頭翁致意吧。她知道我有一雙空無一物的耳朵。

✷

　　我選擇有芭蕉的牆角俯身，我看一隻黃蜂重複在同一條陡坡上摔下來，鳳尾竹又被剝下一層皮，天窗已啟，你如何讓體內的那個衰敗者與你井水不犯河水？

✷

　　是蒼鷺的一段變奏曲促進了我與自己的交談。因為那幾個還未命名的替身，我在一場接一場內戰中成為自我的間諜。

✷

　　診斷室中的空位皆有刑具般的靜謐，它提醒世人，沒有什麼不可以遺忘。是啊，健忘是一種多麼利己和利他的品質。

✻

　　人最根本的潰敗和孤獨源自死亡，不可消解的忿恨多在於死亡的猝不及防。祂一直在干擾我們此刻的生活。而同時，人最終的寬恕亦是來自死亡，從塵土中來，回到塵土中去，生活這只天枰最終平衡了失重的一方。這短暫而漫長的塵土中的時光猶如一隻兇猛的熊在曠野中的孑然獨行。所以，相濡以沫才是覺醒和慰藉。

✻

　　當我將一株向日葵和一把綠蘿插進花瓶，我得說這的確像極了 20 年前鐵象灣菜園景象的一隅，向日葵從密佈的胡蘿蔔的花叢中探出頭，身後還有芫荽的香氣，它們基本不按美學標準生長，它們卻位於審美的頂端：一種狂野而內斂的清澈柔情，正是生命的自然極致。對於這一切，如今，我能做的不過是取景框式的表達。甚至沒有焦點。

✻

　　每一個詩人都應該有一面湖水、一個蓋住湖水的蓋子、一截埋在淤泥中的根，一端窒息，一端開花。

✻

　　像我這樣的素食主義者，也難免會做一場巨鯨浮出洋面的大夢。

※

人無險途,容易苟活於世。時有困厄,方知一切皆為刀鋒。然,萬法空相,終無一端可執。

※

我推窗而至的香樟的芬芳讓起皺的空氣頓時成為絲綢。那些聳立的無比堅硬的礁石,也退縮成螺旋狀的灰燼。只有月色像一支小步舞曲在香樟枝頭,踩在記憶的水蛇腰上。

※

再也不存在一個自然上的郊外,再也沒有一個比高速列車跑得更快的遠郊。我到達松江(上海遠郊)這一站,出口的指示牌寫著:下一站,西班牙。

※

多麼想對破壁的薔薇說,借我點氣力吧,我想從枯枝上活過來。

※

人迷戀於語言的迷宮只是為了給自己虛設一個藏身之所,就像人舉起鏡子仍可以看到這一張臉之外,幾張更「迷人的臉」。

這一個之外的眾多，就是我們與世界最不尋常的關係，它促成了「神聖嚮往和聲色感官之間的某種和解」。

✴

人類社會以家庭結構和律法維護的不過世代永存，而原野青草卻自然而然地得到了個體永生。

✴

沒有一種東西美過草木在暮色中的靜默。那些堅定的立場和根須相連的從容才是世界的本質。

✴

曠野中的破落月臺，和一盞連自己都照不亮的燈才是我們真正的歸屬：一種完全不顧及這個時代的原始性和自足的安寧。

✴

春天的割草機是世界上最殘忍的東西了。它正在我窗下進行一場斬首行動。

✴

雨落在高高低低的門簷上，就像厭世者有一串敲破的鈴

鐺,在荒蕪處搖擺。

✳

只要稍不留心,我就會回到上帝塑人之初的那一小顆泥丸。

✳

四壁內,剪掉捆綁在花枝上的繩索。彷彿我也得到解脫了。

✳

人永遠無法做到像一朵茉莉花那樣微小地縮在枝葉之中,以潔白奪目,以芳香禦世。這沉重的肉身就是人最大的局限。

✳

淩晨的這碗稀粥是一天的頓悟,寡淡才是人生的要義。

✳

為了走出勞苦、險境和心靈的困厄,你必須學會和自己談判。魚腹中的預言、被雲雀取走的翅膀、交給飛燕草的花朵,都是這場談判最終的裁決:湖面有白蓮,湖底有驚濤。

✳

陽光像我桌面上凋敝的三角梅死而復生，魂魄更加奪目。我照例喝下每天的第一杯白水。作為一個嗜夢的人，我不斷地在湖水中更換鱗片，清洗鰓上的淤泥。而湖面上，一隻巨大的蓋子隨時掌控著呼吸。湖底的族類皆有一口深於星空的深井，它要顛覆眼睛和耳朵的見證了。

※

　　我一再浪費鏡中那個最精緻的形象，將她與黑衣人混為一體。我像一個揮霍慣了的富豪，不斷地從鏡子裡向外面拋出掩人耳目的替身。只有少數細心者繞過我的虛擲與她有過幾次會晤。

※

　　對於寫作者來說，幹嘛非要一個來路呢？那些背景，椅子，繩子，階梯，那些你以為可以依靠的東西都不是此刻生命的反應。街頭的教誨和頓悟，你的影子和戰敗的鎧甲才是真正的源頭。

※

　　一個寫作者之於現實的意義，不過是有窮對無窮的眷戀。不過用心內的竹葉畫心外的符咒。道法無力。道法無邊。

※

　　暮色奮力追擊白鷺的長翅。群山中的月臺就像擱淺的巨

鯨。槐花遍野，白如凶年。

✸

群山間的房舍密如蜂巢，作為一個過客，從我的角度看過去，只有孤寂。暮合四野，天邊一抹晚霞不過是拋給人世的一把倒鉤。

✸

高速列車再也停不下來了，鐵軌上有整座山峰的崩塌聲，也許還可以讓整座湖泊瞬間乾涸。成噸的碎片在我們眼前飛舞，偶爾堆積成地標建築，你可以感受到那種岌岌可危，倒下來隨時埋葬一切。哦，妄談優雅！而古典劇中有另一個帝國，有成噸的可以浪費的時日。我看《唐頓莊園》只是為了將自己拋出這鐵軌一小會。

✸

如今照妖鏡都在妖怪手裡，妖怪從來沒有照鏡子的習慣。

✸

昨天吃掉的桃子今天在桌面上復活。最主要是堅硬的內核，這一刻分外飽滿。而它紅彤彤的面額，就像一個圈套，正在鎖住枯枝上那一小朵花瓣芬芳的內心。

✳

　　睡前，有幾個句子像螢火蟲一樣來到眼前，閃動了幾下，就被一隻密閉罐奪走了。這無聲無息的消逝，的確像一場靈異事件。然後，我無意闖進私宅，那麼多雙鞋子，卻沒有一個足跡可尋。樓梯拋物線般橫在出口，踩上去像雲朵一樣飄蕩。

✳

　　街頭的濃霧比深山中的濃霧所多出的戾氣正是這個時代不可迴避的本質。

✳

　　我善於在深夜成為徒步者，成為一個練習長跑的人。這好像是在說，你看白晝的天空，被漆黑的烏鴉壓垮了。

✳

　　那些先於我蘇醒的東西像石頭一樣等在門口。虛無仍是有重量的。

✳

　　狡猾的編劇在處理那些重大而棘手的人生問題時，總是殘忍而灑脫，隨時都可以快刀斬亂麻。而實際上，誰都沒有一隻足夠

長的鏡頭，裝下骨牌一樣的所有線索，並擁有有效的反觀。這無非是在告訴世人，只要無涉自己的人生，每個人都可以像個高明的智者。因為最難的不是決絕，而是疼痛。

✸

往往是這樣，當你想搬開一個石頭時，就有更多的石頭翻滾而至。且，這絕不僅限於西西弗斯的上山運動。石頭無處不在，終於讓我成為一個體內藏針的人。它有時在胃裡，有時在脊骨上，當然，更多時候在心臟與咽喉的連接處。它在體內所完成的這場行走，有一個無視天堂和地獄的圖譜。

✸

我坐在這，我難以確定我是不是真的在這？勃拉姆斯在他的協奏曲裡藏了一個很薄的刀片，琴弦也越來越細了。而，我所看到的是一把越來越像巨人的提琴。哦。穿黑衣服的人通常體內都有一個發光體。

✸

白蟻滿屋子亂飛，桃子紅得像上了油彩，我又翻了一下星座預言，哦，這桃子毫無甜味。我必須一周剪一次指甲，因為這是身體上惟一可以隨時拋棄的東西，它毫無痛感。

✸

黃昏時，我在背對城市的陽臺上，桌上的乾果還有未清洗的泥土，我向童年時光眨了眨眼，雲雀從我頭頂一掠而過，那只倒空的啤酒瓶還有濃郁的醉意。

※

佩索阿只顧探視自己的靈魂，我也一直在為此忙碌。而，此刻我希望有點傳奇的東西增加點趣味。我應該帶黑塞一起坐火車才對。

※

在湖水反觀其澤的巨大榕樹下，我突然有一種脫離自我的恍惚。千枝無嗔癡，萬葉過三界。

※

這杯花茶是這一天的總結。它來自湖水、柳枝和涼亭。我若折枝，我若移動亭子，我便是一個難溯其味的人。

※

高速路上，我換下一雙舊襪子。當我將之拋至身後，它白如雲彩。世間所有牽絆都與塵土有關。有時，我們需要倒提著星辰散步。

✻

　　我在路上、在江上、在上上下下的臺階上、在芒果不知其遙的鐵軌上、在大火匡正其堅的屋頂上、在替身皆隱的鏡面上，這被叫做父親節的一天總算過去了。對於一個早已喪父的人，這無異於常日的一天沒有什麼值得重述。我必須對我邁出的每一步承擔無需庇護的全部結果。父親應該是山崗上那朵微笑的花吧。

✻

　　不可迴避拐角處的棱鏡，不可迴避這一再重新組裝的身體：鰭又短了一截，兩片薄翼更加輕薄，鱗片穿在一根細繩上劈啪作響，而被倒空的耳朵早已抵達風暴的中心。承認這些碎片吧。承認一個無為者在菜市場所迴避的那把屠刀，它的自由落體運動正像一群烏鶇迎面撲來。

✻

　　弄堂口，被捆綁在一起的四隻鵝正在等待宿命的裁決。而那個捆綁者正在翻閱一本旅遊手冊。天空陰沉，四隻靜默的鵝也曾撫摸過基督的雙腳。

✻

　　鱷魚們在密室會晤時露出的都是人頭。

＊

　　太陽像一瓶60度的烈酒迎面潑來，湖邊的百合也紅了。這連篇累牘的失眠症像一隻無效的鐘擺在掛在荒漠的上空。柳枝拉住每一朵花的靈魂靠近它，用湖水的每一次微瀾送出永恆的寂靜。

＊

　　過寧德。過甌江。過樂清。將過溫嶺。過寧波⋯⋯忽夢忽醒，突然想老母親這會在幹嘛呢？她若無事，若有微風清涼，我這漫漫長途就是一路繁花。

＊

　　裝滿危險品的瓷器無處不在。而我是一個與石頭為伍的人。袋中的石頭和鞋中的石頭通常讓我不知不覺靠近它們，擊碎它們。

＊

　　這個世界最有希望的是瞎子。他們在黑暗中重構世界。

＊

　　冗長的夢。成堆的黑色的果核。一旦我將它們收入囊中，不破不立的可能性都將喪失。

✱

　　老科恩的滄桑之聲越過所有灰屋頂。百合舒展，雲朵為山肩換上華服。微風早已非法入境，解禁關於愁苦的律令。所有時光都是被虛擲的時光。關於生命的哲思由此肇端。

✱

　　三人詩歌討論會，最嚴苛的那把尺子是為丈量自己準備的。有人在10樓，有人在7樓，在5樓的人時刻需要一把梯子。而，重要的不是那把梯子，而是要知道天花板在哪，它的限度和脆弱性，都將決定樓梯的結構是否如同梯子般垂直。是啊。能克服引力的事物，不是自由落體，就是無限飛升。而飛升從不意味天花板可以重複洞穿。

✱

　　人世景觀大抵如此：茫茫荒漠，一小塊綠洲；漫漫濁流，一小段清泉；群山重巒疊嶂，一小塊緩坡可待安居；險境無數，坦途無期，而，正是這不可期遇的稀少讓無數不可消磨的景觀變得生動且具有形而上的價值。

✱

　　人類一旦對自然界的敬畏消失，神靈的庇護也將從人類生活中消失。

✻

　　激流、峭壁、懸在山尖細線一樣的小路、雲塔和濃霧，它們所帶給我的威脅大於一切。所有人在虎跳峽上尋找那只意念中的老虎，我在涼亭看一隻蝴蝶自戀狂般的飛翔。我的恐高症就像一劑迷藥，將我送入某種不可自控的限度之中。沒有人知道我在自然中所投擲的謎密，不可破解。

✻

　　泛泛而談將一切都掛了起來。人們多麼迷戀，那隔著一千米遠的楊梅樹的酸味。

✻

　　不論從實用角度還是美學角度，對粗鄙的抵抗是語言在這個粗鄙時代的唯一詩意和價值。無疑口語與這個時代是合拍的，其正是粗鄙的見證。

✻

　　相對於山腳下的一朵雪蓮花而言，山頂的優勢消失殆盡。其對雪蓮花所產生的盲點正是對精微體察喪失的空茫。而，精微恰恰是我們必須葆有的慈悲。

✻

我們極易犯的錯誤在於：越過自己左手和右手空談慈悲；越過自己的耳朵空談寬容；越過自己的嘴巴空談妙音。

✻

鄰座的女孩已接了3通電話，男孩子在發呆（我將此稱為走神）。男孩子長著我在滇藏線上碰到的單車旅行者一模一樣的被灼傷的臉，赭紅中透著摯誠和天真。我坐在盤山公路命懸一線的車輪上，一路為他們驚心之餘唯有嘆服，青春期的較量都是與極限的較量，因此才美不勝收。男孩子似乎被太陽神征服了，吃太少。

✻

識，沒有通途。不識，是常態。你我面對面，也許仍有十萬個不可交融的時空。故，識，需要體察和十分敏銳的觸覺。道若親近我，無需向我授道。神若救贖我，無需向我明證。因為，識，德與認三位一體。我喜歡修與隱，因為要保護那根纖細的游絲。即便是尋求神的庇護，我也是個人主義。

✻

樹生在向陽地，就會向陽光打開，生在水邊，就會向水面垂顧，求生永遠是生物第一性。只有求仁，常駐於人類的基因之中。雖然，這仍然需要概率學加以指正。暮晚，草叢里仍有幼蛇，她不動，我跑得飛快。

✳

　　從本質上來說，語言從來不是語言。它是意識在排除所有障礙的惟我運動，它的自由不僅在於排除結果，更在於排除觀看，這在法國很多詩人作家中表現得尤為明顯。清晨，萬千鳥鳴在合唱中只為維護自我音色的獨唱才是詩的聲音。它們忠實於翅膀軌跡所構成的音韻注定無法被任何樂器所規馴。

✳

　　畫一種偏移的肖像，也許只是為了認識沉默的靈魂在不可自持的他處，在無妄的風中穿行。這些不是肖像，而是靈魂的情狀。

在福州・湖

　　推開窗,步行三分鐘就可以到法海路,它的東側的確是西湖,但不是雷峰塔下的那面。湖堤上,成群的老年華爾滋用粗線條來摹仿古典式的愛與友誼。三角梅紅得像一場火災,似乎比放縱的華爾滋更不懂得節制。湖水中裝滿寡恩負義的世人,是摹仿減少了對命運的依賴。

＊

　　桃花已盡,桃核正在生長。桃枝垂下來就像一場驟雨。隔岸觀湖,是那一線姹紫嫣紅顛覆了湖水對月亮的讚譽。

＊

　　驟雨不停地在湖面進行最殘酷的裁決,湖堤上佈滿沒有耳朵的人。淩晨4點鐘的西湖就像一件被擱置的戲服,把什麼都忘得乾乾淨淨。聽說突然從空中砸向頭頂的有毒的芒果,是這座城市的街景。

＊

　　路過寧德,見山腳下房舍皆有緊張的灰頂,彼此孤立,而青山上的墳塋則一個緊挨著另一個,如雁陣皆有張開的翅翼。斜陽

清澈如鏡，所有的事物都顯露出真身。

※

夜深人散之後，我繞湖堤走了一圈又一圈，只是想看一眼我在湖底的替身。

※

雙手合十就能擊落一隻蚊子。而對面的西湖彷彿一隻失血過重的麋鹿。人們早晚都要圍著它排毒，從它身上置換一兩根新髮，跳鬼吹燈的華爾滋，在巨大的榕樹下快速地打造鎧甲。我始終都不敢喚我在湖底的名字，湖面上，那兩朵消瘦的蓮花蒼白宛如極晝。

※

作為上帝眼皮底下的一個盲棋手，你永遠不知道面前的棋局早已嘩變。這千軍萬馬當前的孤僻症讓人靈魂出竅。

※

雨過西湖。息羽的蝴蝶被夢喚醒，湖心在寺院前動了一下，那波瀾掠過防波堤直達更衣亭的內室。室內的青魚呵，還未找到一件合身的鎧甲。而，波瀾早已核查了她的內心。

✻

像一顆剝開殼的豆莢一樣睡去，睜開眼後就是新綠。

✻

暴雨突襲，像一瓶斷腸酒一樣倒了出來。

✻

在一首詩中，可以放針，放黃連，放尺子，放雲朵，放暴雨，放剝皮的三叉戟，放枯枝，放湖水，放巨石，放孤島，放迷失航線的鐘擺⋯⋯可以同時將它們放在一起亂燉，熬製成另外的它們。唯獨不能放觀念的詭辯術：這積木搭建的毫無用處的空樓是妄念的巴別塔。

✻

照鏡子時，鏡面上突然出現「近鄉情怯」四個字。鏡子裡的那個人幾乎一下子就皺紋滿額、牙空嘴缺，物轉星移，整個鏡面猶如一座刑場。是的，衰老不可逃避。而鄉情最終會落實到老無所依。

✻

這碗裡的芹菜和青豆，我嚼著嚼著，烏雲就密佈了。陽光下的

事物正加速腐朽。芹菜越來越像枯枝，讓口齒退縮，而青豆，懷裡都有一枚針，到了腸胃，這些針就出生了，在腹中箭鏃般飛翔。白晝在有些地方很長，在有些地方越來越短，而黑暗中的人們唯有獻身這一條路可走了。頭頂之天，盤中之食，說的都是極境。

*

黑夜中正在生長的事物都是寂靜的。月色朦朧，我想起兒時躲在葡萄架下的夏夜，似乎真的聽見了來自銀河中的異響。我突然有躲進瓜藤中的衝動，但我深知再也聽不見遠空妙音。因為我的耳朵變得複雜，因此辨別力極速衰退。我試圖朝藤蔓生長的方向漫步，而一截枯枝橫在我面前床榻般安寧。它是唯一救贖。

*

淩晨4點鐘的拖拉機空如荒年。它從溝渠中取走的鳥鳴四分五裂。我是一個在鳥鳴中看落日的人，翠鳥長喙上的落日、雲雀翅膀上的落日、灰椋鳥冠頂的落日、白頭翁腳踝上的落日……是鳥鳴制約了溝渠，是落日照料了心靈。

*

昏迷中見每一頁日曆都成為超速跑道。黃色的紅色的警戒線旋轉起來氣勢如虹。

*

第一輯 思

　　這個深陷在辦公椅中的橡皮泥就要坍塌了。她忘記了曾經被泥塑為誰？

✸

　　完美是一個死結，放在哪裡哪裡就開始潰敗。

✸

　　未完成的半截短詩還醒著。我再次凝視這桃核，果殼上出現了新裂痕。快要見到內心了，而，四周的泥土又升高了一大截。我推開鏡子，將長線穿進針孔，開始縫補一件舊衣服上的漏洞。

✸

　　在一座島上，清掃了一整晚房間。按照榮格的觀點，我一定在醒著的時候還有東西沒清理完。出門，風雨正急，我想我需要在語言中取消一些路障。

✸

　　睡前，讀到一封陌生來信：她燦如海棠，正走在去往秋天路上。

✸

聽完灰椋鳥的單曲,那部黑白電影開始倒帶、重新播放:我坐在夢中的電影院和全部劇情擦肩而過。

※

苦瓜在杯盤中散成花瓣。扶牆者有一座廢棄的花園。

※

每一個午後都像秋天。我的秋天是同一天:落葉散去,斜陽清冷,池水倒映的小院有一位為冬天準備柴火的中年男人,他是我的父親。還有一位給小女兒邊講故事邊縫補衣衫的中年女人,她是我的母親。朗空闃寂,一塵不染。偶有白鷺經過,如開在枯枝上的一朵小白花。此去經年,這朵小白花一直停在秋天。

※

街頭的一切皆可以割斷琴弦,可以讓白天鵝變黑,讓湖夫人頓生惡念,讓梅林躲進峽谷,讓白頭翁練習咒語。而,街頭的蒙汗藥和解毒劑澄清得比星辰更亮。

※

頭痛欲裂,辦公桌上堆積如山的東西中始終找不到一小張解毒劑說明書。哦,對了,後幾天的日曆也被撕下了,落葉一樣躺在牆角。

✲

熄滅一首歌。這是一天的開始。每一天,柳樹矮下去一截,而樹林裡的塵世鐵馬金戈。我睡著的時候,烏鶇正在演奏神曲,我醒來,暴雨勝過一劑良藥。四壁和孤島一天天在擴大疆域,我仍未完成一種寂靜。

✲

在頻發偏頭疼的桌面上,白粥有無窮的滋味。這之前,我已透支了這一整天的白開水。我想,需要寫一首《開水之白》。無色之色,無形之形,皆是窮盡處的寬恕。

✲

醒來之後,後悔沒有處理好那個夢。

✲

一首詩如果只是一排擺滿貨物的貨架而門窗全無,有什麼意思?一首詩如果打開門就可以看清五臟六肺,有什麼意思?一首詩如果都是亮片在閃爍其詞毫無一點能使它下沉的東西又有什麼意思?那有意思的東西又是什麼?它大抵和潘朵拉的魔盒一樣充滿引誘的「邪惡」。它可能是瑪格麗特的調色板:由一塊懸而未決的巨石控制。

✳

　　一天中做了許多件事，處理了許多亂麻。就是會忘記最重要的那一件，就是會留一個結到夢裡去起義。

✳

　　以前只看到半成品的釘子啊鑣子啊什麼的高價投入市場的比較多。活到現在才發現越來越多的半成品甚至廢品的人在參與市場競爭。他們永遠也不懂得一個完整的人格有多重要，更不知道不給別人帶來麻煩是最基本的教養。哦。幾乎不能談教養。這不能輕觸的後腳跟就是我們的禮崩樂壞。

✳

　　假如灰椋鳥正在林中隱遁，我將是樹葉間被漏掉的一道光。站在黑夜裡。

✳

　　淩晨了，我才發現最需要加固的是牙齒。而耳朵的隱身術已被夜風奪走。我所擊穿的那面鏡子再無大悲大喜。

✳

　　父親坐在他們中間，作為逝者他生龍活虎。我還未與他對話，

另一場對話就開始了。他獨自上場,他說他是項王。英氣逼人。但很快成為一個潰敗者。「拋開刀劍你能做什麼?」這是盛夏。有人給我寄來一件羽絨服。穿上它,白得像剛接受過一場審判。

✷

我還沒睡,灰椋鳥就醒了。它脖子上的那串風鈴像一隻不知悔改的鐘擺掛在山尖的涼亭。

✷

出口無所不在。出口幾乎不存在。

✷

深山中的湖水,荊棘叢的花朵,烈日下的蟾蜍,已住燈罩的飛蛾,密室中的昏厥——皆是寂靜的。我一天沐浴兩次,仍未修補好語言的漏洞。

✷

每一天的睡眠都是對死亡的練習。碧空萬里,死亡又進了一步。

✷

將靈魂的袋口打開，潘朵拉套盒便是其中最精緻的東西。我隔著玻璃門和鐵柵欄看雲層接近暮晚時的各種變化無一不隨日光暗淡。哦！誰可媲美伍迪艾倫那張針尖一樣的薄嘴。

✱

　　一顆藥制的糖果，是這一天唯一的深味。

✱

　　有易容術，就會有剝皮術。有被活埋的人，就有逍遙派。人就是他自身的處境，處境與處境之間聳立著巴別塔。夜晚的徒步者仍只擁有沉思的惡習。

✱

　　味蕾上的黃蓮，舌根底下的糖果，窮匱其味而難盡其味。車過深山，風掠枝頭，皆有完美的節制。

✱

　　執了相的才會去求一個瞭解。迷不知返的才會有勇氣去渡人。

✱

　　極致的冷酷幾乎就是極致的慈悲。這是布拉德・皮特演給我

看的。他即便是一個慣犯，看上去也像一位英雄。事物應該有其不能被修飾的本性，就像一株飛燕草不能被風暴敗壞的自然的樣子。我對許多事物所持有的微小的審慎的樂觀不會比這更多。

✴

每日暈眩，終於讓我學會正確對待糖果。這舌尖上的博弈論，是語言的宿敵，玄思的加濕器。糖果之後，脆弱的芹菜「審乎無假而不與物遷」。

✴

勃拉姆斯開始「雨中曲」，我打掃完房間，開始咽下這一天的第一碗白粥。昨日之夢魚鱗一樣一片一片地脫水。寂靜慢慢遼闊，維護著一個呆子的安逸。

✴

真正的藝術就是一場獻祭。

✴

蜥蜴來到夢中又像蝴蝶一樣飛走。圓月西斜，烏鶇已準備好那首單音節的歌。

✴

聽了一下午卡拉斯，回家之後席地而眠猶如風暴洗深山，乾淨得只剩下一些千年奇石剔透錚亮，似乎隨時有亦神亦魔之人從其中蹦出來，換一個朗朗乾坤。藝術達至一定程度時，都應該是傳奇。人若不是為這傳奇而勵精圖治，生存就只剩下壓迫。而自然始終是人之善的範型。

※

將自己倒掛在沙發上，聽香樟枝葉前赴後繼的嘩變，突然想，世間最可憐之人大抵二種：其一，有名而盲目且陶然不知者。其二，無名而盲從且茫然不知者。

※

睡過去，皆有大片上映，劇情皆動魄驚心，不知導演是誰？一個可憐的觀影者馬不停蹄的竄場終於讓自己的膝蓋、腰肢、脊背在一幕幕電影中劈啪作響。哦！她完全不知道，她既是主演又是編劇，是觀眾還是場記，是出售者更是購買者。最後，必定是收拾一地殘局的人。

※

體內有無效的鐘擺，體外有浩蕩的鐘聲。時間從來就無法完成它的統一性。一元論的月臺正被暴雨擊潰。

※

是體內的一首詩讓我此刻莫名憂傷，而不是窗外風雨。它在心室中的不斷裂變就像一輛正在洪荒之中穿越的馬車。有自身難以追趕的遙遠的孤獨。

＊

真正動人的是「空白」。椋鳥息羽，白頭翁歇枝，蝴蝶睡於花間，青魚靜默於湖底……皆是「空白」練習。而我希望用一首詩去完成此種「空白」的念頭就像魔術師梅林使用不當的咒語，喚回了峽谷中的巨龍。這適得其反的相知真像一場重症。

＊

秋天像一條雞冠蛇滑過晚風而來。其懾人的氣息有難以抵制的清涼。

＊

這個夜晚，埃萊妮・卡雷恩地魯（Eleni Karaindrou）讓我失控，她的音調裡有最蒼涼的地老天荒，和鈍刀割肉的漫長親吻。我幾乎被她沉到湖底。為了反駁此種失控，我在房間裡來回踱步，不假思索地拉出茨威格、E.B.懷特、聖埃克絮佩里、里爾克和策蘭，其中還跟悉尼小聚了片刻，還是無力啊！他們立身在側，又好似湖底褪落的魚鱗。

＊

一個牙齒中的糖份遠低於血液中糖份的人,永遠無法學會椋鳥那樣極度自戀的歌聲。

※

在最熱鬧之處隱身退場該是一種至高的美德。緘默,就是這個時代最動人的學問。

※

禮拜天的葡萄長出哀傷的硬殼。鳥鳴在此結束。割草機掛在半空。刺槐發放無為的繁花。夢像一種瀕臨滅絕的語種卡住唯一一個繼承者。

※

暮晚降至,我一抬頭就看到E.B.懷特在說:生命之初時上午已盡。看來,落日才是至關重要的風景,黑夜就是大家的共同命運。

※

清晨,我在鏡中相遇蓮花,不免有點小驕傲。

※

睡過去如驟雨入泥。醒過來如翼失深山。

＊

　　灰椋鳥代我歌唱；白頭翁代我懺悔；知了代我在香樟林中修復記憶；湖水代我自明；石頭代我出入風暴；鐵釘代我止血……我終於可以丟掉這眼耳口鼻身心意了。我將成為萬物背後的餘味。

＊

　　刀叉收拾停當之後的虛無像艾米莉・狄金森詩句中的破折號，有一種完美的敗壞之術。

＊

　　清晨的第一碗濃藥是砸向昨日之夢的暴雨。喝下它，我開始聽歌：烏鶇亦有遲暮。

＊

　　衣魚重複給史蒂文斯提出同一個老問題。她要交給蝴蝶的那封情書被灰燼帶走了。

＊

　　每天看桌上這株不知其名的植物或死掉一大截，或又活回來一小片新綠。生死於一體，如此直觀，窗外事不過都是小事。這

每時每刻都在進行的教誨無需另外的判官。

※

禮拜天的葡萄長出哀傷的硬殼。鳥鳴在此結束。割草機掛在半空。刺槐發放無為的繁花。夢像一種瀕臨滅絕的語種卡住惟一一個繼承者。

※

松鼠從晾衣架上帶走一枚漿果，灰椋鳥進入午眠，鳴蜩在香樟林中亂調紛飛⋯⋯它們彼此不受干擾地棲息於自身。而，我仍然只是一個在室內踱步的人。與那些遙遠者和死者的對話，讓我魂飛魄散。而，這深刻的統攝和無緣由的喪失造就了一種還鄉式的享樂。

※

很想將樓下庭中成串的腆著肚子的葡萄埋進土裡（它們可能是意念中的葡萄），還有那些被烈日幾易其色的花朵（花朵早已喪失了立場）。我希望看到長藤上垂範謙遜的果子，風來，挺身而出，雨來，無蔽淨身。而，成果滿枝，都是愚蠢的輪回。這盲目的生長有被心靈的結構所拋棄的因果律。

※

杯中的倒影顛覆過往。杯中的勸慰難分其色。

✳

防波堤上的少女,江水中的安寧,其喪失邏輯力量的對稱是萬象皆空的對稱。實際上,從不存在一種消逝之外的邏輯。

✳

兩個丟失耳朵的人,兩顆釘子,兩隻在江堤上惶然無措的白頭翁,正是彼此被推翻的身分的見證。

✳

我若言盡其味,沉靜的江水就是萬箭齊發的江水。

✳

厭世者的老藤總有新枝。看,那厚於積雪的繁花由彼岸而來。

✳

吐出一首詩後,的確像只餓虎。

✳

當修為、審美、識見、審慎、判斷力都談不通時，還有一種東西可以遮羞，那就是趣味。

＊

將魔術完全排除在現實之外，是自然人性向機械人性蛻化的結果。最無趣的人生，應該就是魔力解除的人生。

＊

清風疾走湖面。垂柳已入深秋。

＊

小徑分岔，每一條路上都有陰影和微光。

＊

徒步者的清風亮如石頭。

＊

像青魚在湖水中換氣那樣寫一首詩有多難？我繞開偏頭痛，繞過嶙峋礁石，繞開繁花的倒影和香樟死而復活的新枝，只是為了讓心愛者避開那一聲太息。

✵

　　小鎮上的落日仍有星辰的倒影，而灰燼中的老面孔就像一封從未送達的信函。我與之咫尺相對，如畫外畫中，一個瞬間被定格，無數個轉換的時空。隱匿者的化妝術有致命的破綻，我若將之喚作衰微，他一定在屋頂上發放新枝。

✵

　　呆子在人群中吹風。所有石頭落下來碎成花瓣。

✵

　　密室要不是心靈掩體，就是為了突破日常困厄。有時，它也似某種神跡出現在諸如蝙蝠俠的影片中。在只存在個人信仰的時代，神跡實際上是一場娛樂。圓月高懸，大概是此刻地上的人兒最鄰近的神跡。

✵

　　很想與草叢裡那只整夜趴在高音上的蟲子聊聊，問問它是否會被一隻名為「悲傷之墓」的提琴倒空自己？是否會患上厭世症？是否會在鏡子裡對自己進行最嚴酷的審判？是否會因四周全黑而將體內的刀片擦得更亮？而它除了連綿不斷的高音，完全不想與這世界為伍。只有聆聽，從不指問，我這發燙的思想何以生成？

✳

　　所有棉花糖都懸於天空,地上的低血糖患者嘗盡了不得其味的極刑。浮雲低垂,白如朝暮。

✳

　　發現漏洞和修復漏洞就是生長。這一天只為前一天的漏洞而存在。身後枯荷乾淨得忘記了暈眩。

✳

　　秋氣漸進。人靜燈黑。繁花敗落。思想中的刺蝟滾來滾去正如一支聽命於空無的花朵。

✳

　　從斗室移步廣場,雲朵散成七裡香。可長時間看天,個體的虛無因納入無邊的虛無而暫時不成其為虛無。可吃甜食覆蓋味蕾上固執的苦澀,椅子在高低不平的地面上隨風擺動。

✳

　　冥想者的舌頭是百毒盡染的舌頭。百味傾軋,磨盤轉動。

✳

當一切安於自然,語言將走出自身的困境,美便能告知守恆的鐘擺成為美的緣由。

✻

飯畢,碰見一隻斷腸貼,秋雨一下子就潑辣起來。簷下吊蘭全身斑黃,又因天黑而難辨深淺。所有關隘:生死愛。

✻

人的腦袋上應該有許多窗戶才對。當然,有些人的腦窗是鎖死的。扳手鉗子老虎凳螺絲刀錐子斧頭全上也未必能打開。打不開也怨不得他,皆為命數。能打開一二扇窗的人大多是前世修得,人生滋味多那麼幾分,視界因此不同。能打開天靈蓋上那扇窗戶的人可得天外訊息一二,基本就不是人了,仙風道骨只待時日。

✻

一個耳朵上都是風洞的人總是喋喋不休的,而相互抵觸的魚嘴交換的只有氣泡。哦,出生入死的氣泡皆有不滅之身。它說要有光,就有了光。

✻

在鏡子裡洗倒空的酒瓶,洗石頭,洗乾枯的蘋果,洗柳枝,洗碎盤子,洗提燈,洗髮燙的梅花,洗新頭髮,洗舊衣服,

洗假山和琴弦。沒有人知道，我的悲觀，我與這個世界不能調和的矛盾在於我從未獲得一個新我。

✵

秋蟲在夜幕下的演奏有最本質的荒涼。但，它不解釋荒涼。是啊。解釋是無意義的。錯愕從不交待它在寂靜中那扭動的正在生長的百腳。而，新的提案擠滿每一個角落，總有一個是你不能應付的：捕魚器中的山水，腸胃中的石頭，後腳跟上的鎧甲，它們在逃逸的途中落入這龐大演奏之中。

✵

感謝夢中幼虎擠滿籮筐。懸掛在扁擔兩頭的籮筐讓我得以在父親的肩頭睡了一夜。感謝夢中的後視鏡。它令一條蜿蜒小徑有了完整風貌，來路和去途清晰可辨。我在夢中剝開豆莢，修復唐菖蒲被雷劈開的身子，治癒 John 的頑症。醒來之後，小徑分岔，虎嘯山林。

✵

落葉空懷枝頭夢。秋風底下好徒步。

✵

詩歌的內在關係越緊張，對意象的組合越奇譎，從而外部

空間越開闊。詩歌的抒情性所凸現的明朗會在一定程度上損害這種緊張和開闊。它像一根繩子上過於清晰的珠子，因順暢的聯接而讓神祕性無立錐之地，由此而造成的擠壓和單一取消了想像之魅。用獨特意象佈置出一個具有緊張關係的新世界令詩盎然。

※

吊蘭在簷下單獨的旋轉只因困守於往事。我聽灰椋鳥不著其調的深喉中缺失的一部分音符令人頹喪。看，白頭翁已至書台。它深得其味的食物，正在秋風中剡開自己。

※

只有從泥土中出來的東西，和泥土從未分離的東西，才有生命的動人之處。

※

秋蟲在最接近泥土的香樟樹的根部撕心裂肺的鳴叫，只是為了在秋風四起之時交待出它與世界的關係。落葉離枝，雁陣孤行，繁花凋謝，松針鋒立，皆是為了這統一的立場。是啊！明確與世界的關係，這就是生命的最終立場。人的最終立場只有一個，那就是你在時空中的位置。

※

我們的音律越簡單,我們的音調越純粹。天籟之音皆無雜蕪之聲。妙音之悅皆在除繁之後。這之中,始終存在對思想之障的僭越。枯枝的肅穆,是萬籟俱寂的肅穆。

※

深夜,失眠的街道讓我的行走不斷在石頭上釘釘子,
有什麼被加固?有什麼被退了回來?
這個盲目的人,就在釘釘子和拔釘子之間逐漸認清了自己。

※

這一天,脊骨上的倒刺,出入手術室的夢,老母親的長效藥,鐵象灣垮塌的圍牆,腸胃中的石頭,遵義路上的孤獨……皆無與言者。唯徒步是呼吸。唯徒步是寬恕。

※

再多讚譽也不能讓一個寡歡者重新撿回虛榮。

※

黑夜中的繁花是為了完成生死輪回的繁花。

※

草木所帶給我的喜悅是最完整的喜悅。每當我垂詢於它們不知其名的頭顱，都使我重返泥土的身子更進一步。

✸

倒在沙發上的，是一堆沙礫。她曾經扮演的那些人型全部磨損在上帝的門檻上。

✸

那些使你清醒的事物就是使你迷失的事物。看，在靜夜中嘩變的枝葉早已陷入生存的霧靄。在霧中，一切盲目都有無需承擔因果的自由。

✸

以內窺式的鏡頭來看，愛德華的剪刀手是長在心肺之間。它每一次細微的伸展都將在臟腑中產生一場驚心奪魄的手術。而那個看見另一個自己的維羅妮卡，必須承擔生與死的同時在場，就像枯枝與落葉的隔世消融。秋風漫不經心推開門窗，哪一樁事不是直指生死？秋風中請洗清頭顱。

✸

一千次拋開自己，手中仍有一千種厭倦。厭倦也成了厭倦本身。而失眠的鏡子開始向四面八方破碎。這破碎在虛無中弄出的

聲響就是全部的安慰。

※

在高速公路上,我的眼前突然閃現兩個用手語的聾啞人,那沉靜的手勢就像恐龍身上被彈回的彈片,就像兩個單細胞靈魂為消除彼此邊界所進行的實驗,就像航行的舵在密集的雨絲裡直逼星辰而去。他們在手掌間劇烈的出擊讓語言成為一隻伸向塵土的勺子。

※

秋風收割甘甜的稻穗,留下苦澀的頭顱。

※

徒步者總有一條遵義路。來來回回,或者撤除影子,或者布下影子。三個老夥伴在香樟樹下細數往事,蟲鳴像一隻巨大的篩子,我剛剛將幾條街道丟在身後,坐在香樟、往事和巨大的篩子之間,讀到沃爾科特的一行詩:一百個太陽在聖克魯什山谷╱上升又下沉,我的愛如此徒勞。

※

埃舍爾式的斜坡將起點和終點並置一處。我繞道越長,對零的感知越深。除了慢慢縮小的舌頭,雲煙俱散的耳朵,被假想換

下來的脊骨，所有都屈服於比蒼白更白的威嚴。天花板上天幕般的漏洞，堆滿被生活經歷過的餘物。

＊

這樣的午後應該有一條鋪滿落葉的小徑，有哨崗一樣的樹林落下七裡香大小的碎陽，徜徉其上，向前，又似退後。旖旎召喚似乎就在前方，一個等了很久的回聲，忽隱忽現，在小徑上升起迷霧般的甜柔，淺嘗輒止。希望和闃寂是兩份饋贈，你以為已至枯境，偏又開出幾朵月桂，琴音婉約，幾乎沒有盡頭。

＊

與走廊裡的滴水觀音玩了一會之後，不可抑制地跑到了鐵象灣的香樟樹下。晚霞帽檐一樣遮住最高的枝頭，那是翠鳥的寶座，與我的落腳之處正好形成一個 90 度的直角，它若振翅，我便入夢。池魚皆與清風為伍，緩慢的漣漪是暮晚的燈盞，蕩開來就是天上繁星。秋後繁星多麼清麗！我說閃耀，無不迤邐。

＊

游絲易斷，長線易斷，力到窮絕處，鋼索也會斷。斷之其理，如輪回之中那致命的一點塵霧。誰也不能為內在世界那一顆敗壁四海的刺槐卸下重負。

＊

虛擲送出一劑猛藥，此起彼伏的痛處仍未得到安撫。頑固的骨頭，苦澀的骨頭，難盡其味的骨頭，被篡改的骨頭，正在衰敗的骨頭……都是情深不壽的骨頭。深情者，必然決絕。

＊

　　啟程的葡萄改寫了清晨。而旅途中所有景物不惜敗壞反邏輯的夢幻，回到固執的日常現實與變化莫測的心靈活動的關係中。

＊

　　諸多跡象表明博爾赫斯是個超級荷馬迷，並被六音步詩行弄得神魂顛倒。這兩個盲人為彼此點亮的燈盞幾乎照見了永恆。

＊

　　清晨，啄木鳥用打破尺度的長喙從骨縫中拔出的滄形草就是創作。藝術從來不為有規則的時間擔負責任。

＊

　　鏡子是我自封疆界的島嶼上的蝴蝶。

＊

　　剛剛過去的颶風幾乎拆散了所有骨頭。大賣場廣場上維塔斯

式的爆破音又將所有裂開的骨頭粘合到適應日常的原形。真要感謝這堆滿快消品的廣場啊，它讓思慮放棄進一步挖掘。靈魂會為迎向颶風無遮蔽的奔跑而尋求寬恕嗎？這肉身的雙面間諜，有時是猛獸，更多時候是孤兒。

※

他們吃蛇，他們剖開梅花鹿的肚子，他們披鱷魚上身，他們在密室進行圈地運動，他們一分鐘摧毀一個十字架。我為什麼會在他們中間？這面擺不平的鏡子，有時為破壁而撞牆，有時為吞下碎鏡子而禁食不止。

※

池中青魚，天上繁星。我喚之即出。

※

被狗尾巴草壓垮的黃昏是塵埃的塑像。一旦我有興致續幾章《看不見的城市》，它們一定是廢墟之城、灰燼之城、油鍋之城、幽靈之城、七步散和見血封喉之城……灰燼中的關公臉倒影在溝渠之中，而匹敵的大刀已被鸚鵡嚼碎。看河邊蔓延的大火，我想我多年栽種的樹木不過叫獨善其身。而我完成的也不過是自救。

※

相對於草木，人類所有語言都枯乏無味。我在豔陽下所犯的失語症，只因草木皆俱聖容。

✵

我也可以單純得像個嬰兒。但別促使我思考，我思考起來肯定像只猛獸。

✵

所有人、事、物，潔淨仍是最高的要求。多難啊！不是被邏輯弄髒就是被倫理弄髒。雨後，我在鏡中得到的共鳴來自一種堅不可摧的自律。

✵

中年的無知是最醜惡的無知。

✵

帶貝多芬莫札特蕭邦勃拉姆斯上路，都是在旅途中可以救命的。

✵

在窗下，一會兒看書，一會兒看雲。「我會為什麼事而錯過

我自己這一生？」

※

　　徒步，在心裡寫首詩，到家，坐下來，它就零亂不堪了。整整一天，自己將自己落葉一樣丟在密林裡。這不能擺脫的深深的厭倦幾乎隨時都可以做一場了結。掩卷朱利安‧巴恩斯《感覺的終結》更可感受「浩大的動盪不安」。未來被無數偶然事件掌控，當我們回首往事時，過去卻像被另一個人改編成了他者的故事。

※

　　群體時間和承擔個體命運的時間無從交匯。真正的獨孤：靈魂的時間無處可去。

※

　　有些冷漠是以巨大的熱情為表現形式的。而人們過分沉溺且孜孜以求的許多東西不過說明了虛無不可抗拒。

※

　　繞湖一周，暮色奪眶而出。桉樹的皮被剝了一層又一層。還是未至極處呵！涼亭中的歌聲停在往昔。是什麼在更新這高於枝頭的痛楚？

✻

黑暗中唯一值得讚譽的東西,是鐵釘和十字架。

✻

為舌尖上越來越深的裂口,為這言之不盡的味蕾上的黃連,我該說這荒謬絕倫的禮拜天是上帝的遺物。

✻

每天都應該刪除一些東西,今天,我想刪除一截舌頭。

✻

在人群中成為一個呆子是多麼安逸的事啊。

✻

生活旨在祛魅,而寫作則在於召回原初的巫術,讓神祕性參與生活最主要的部分。

✻

從根本上來說,趣味決定藝術的走向和品質。才華也不過是趣味的附屬品。新版《安娜・卡列尼娜》也是一種趣味使然,

不過其趣味怪了點。喜歡的人肯定有其喜歡的理由,喜不喜歡都由個人趣味決定,無需爭論。我的觀點是,先解決趣味,再談才華。至於創新,這個詞在這個時代就是一塊狗皮膏藥,貼哪,哪更壞。

※

夢到妖精,閃電而醒。悔及未見其容,再入夢一層,其已被刑具取出我脊背星辰般的硃砂痣,聲如雷鳴。未補其缺,朝陽已推窗而入。

※

如果不是為了安頓排山倒海的喜悅悲傷,人為何要在琴弦上大費周章。

※

深夜的葡萄有幾個核心,秋風剝開它們,為它們設置倒勾,彼此傾軋。換心術是不可能了,而換臉術可以在月隱星匿時加速進行。

※

一杯白開水,一首平克佛·洛德。窗下,月桂盛開迎接冬天的金黃的花朵。掃地,洗衣,煮粥,清理窗戶,找一塊絕世的修

改液,擦乾淨昨日之夢。一塊再無餘物的白布,奪目招展。

＊

那到底是膠片上的山水,還是一場騰空挪移借來的山水?不可知。唯一可確認的是,母親正處華年,小姐姐美過繁花。臨水的門窗連著吊橋,近水遠山將溝壑置於無險之處,只要我有足夠的耐心,便可進入宮殿。痛惜那幾款殊異的布包無法帶出夢境,我這麼想時,門上的鎖鏈已在我手上留下一道很深的傷痕。

＊

生活就像一場漫長的假寐,一切感受猶如潮水般進入無助的黃昏。網和洪水是一對孿生,必須在一百隻蜘蛛撲過來之前拉下閘門。我接受這場隆重的假寐,我向雲雀學習不在黑夜飛翔。

＊

多媒體的運用顯然拓展了現代舞蹈的語義。而舞臺上對極境的刻畫則更多源自心靈的指導,而不是肢體的自由度。人與世界的共生關係最後還是落實到節奏之中。冰川、沙漠的節奏是窒息,春水、河流的節奏是呼吸。

＊

縫一顆扣子,這幾分鐘是有形的。其餘時間則變得不可捉摸。

試圖在五顏六色的書脊上尋找同伴,而虛無已經製造了太多事端。亟待寫下的,都不值得抒寫。亟待毀棄的,皆有幻化之身。

✽

我在數豆莢,一股腦兒吞下去,虧欠之心又顯現原形。我咽下幾顆豆子,虧欠一個人,咽下一條魚,虧欠一面湖。我不就是以虧欠之心活在這人世麼。我對虧欠的鑒定永無完成之時。我熱衷於在體內建設一個新世界,而沉寂地過舊日子。

✽

我決定將一些我從禁閉室裡放出來,我聽到了雪花在不遠處登上山峰的歡呼聲,它們作為勝利者的浩大儀式,像即將覆蓋在我頭頂的白髮,從不對生命解釋何為慈悲。

✽

你在樓梯,在屋頂,在花園,在山峰,在天臺,在井底,在舞臺,在琴弦上,在岩壁,在洪水衝垮的港口……這有什麼分別呢?最後,你只會在泥土裡。你所有悲喜不過都是泥土中的悲喜。是氣態的水,是一縷廢氣。

✽

這個時代之所以在詩歌中排斥隱喻和深度意象,而流行簡單

抒情的散文體詩歌，是因為神明已遠離人們的心靈，那些被邏輯和觀念教化出的頭腦是直線型的，而作為宇宙結構學中最重要部分的靈魂正在不斷縮小其在宇宙最神祕核心的部分的地位。像莎士比亞那樣經受過最嚴厲考驗而構造得最堅固的天才靈魂是不存在的。

✳

　　詩歌的語言應該排斥正確性和清晰性；應該無節制地違反邏輯和語法常規；應該在詞句間埋伏火藥；應該適時地表現擾亂整個肌體的極端。

✳

　　護花的手也是葬花的手，自省的四壁也是牢獄的四壁，克制的鏡子也是貧乏的鏡子，此刻，窗外讓枯枝搖曳的雨也是從黑烏鶇翅膀上滾落的雨。我緊緊儷住幾欲衝破雲霄的呼喊，我為人世這金縷衣一樣堅固的悖論準備再刪除幾個我，一條道走到黑。

✳

　　在一株無名枯枝下跑兩圈就餓了。餓，是線團般記憶中最清晰的部分，它與一條盤踞在米缸中的毒蛇合為一體，一旦我將手伸進米缸，我就可以觸摸到驚悚的冰涼。我在枯枝下重新相遇這種冰涼，我的身子一下子就熱了，我對人世的愛戀像一件巨大的羊毛毯子將我緊緊圍住。我從枯枝上下來，我就是此刻鮮活的藍

蝴蝶。

＊

　　如果對待身體疼痛的態度就是對待生活的態度，我應該說我的父親是一位勇士，他一聲不吭（這讓我想起海因裡希・伯爾的同名小說）在病床上躺了3年，就像一隻息羽的白頭翁在享受靜默的時光，從未驚擾過任何人。我總在回想那些時光，由此我也成為此種秉性的繼承者，當疼痛此起彼伏襲來，我已學會最深的緘默。

＊

　　每天瘦去一圈的鏡子是與世界達成和解的鏡子。每個人都是至交也就不存在至交。世間多的是假想敵，少的是同行者。孫行者：悟空，的確就是當頭棒喝。

＊

　　應該擇一條沒有盡頭的小徑長跑，跑過這寂靜這暮晚這委屈這針尖一樣細的異響這攝魂奪魄的虛無。而我所走過的每一條路都通向四壁，通向一盤固定的棋局。至今，我還沒有學會遵從虛無。在寂靜中等一碗粥像一個受難者那樣一遍遍鞭撻自己，是我所能做的全部的事情。

＊

最柔軟的東西一定是在味蕾上被確認的。這話也可以反過來說：柔軟的心靈是世間最難傳遞的東西，不是被盲目消耗就是被虛無消耗。

✹

維特根斯坦說：「我們可以想像一個動物生氣、害怕、傷心、快樂、吃驚。但能夠想像它滿懷希望嗎？為什麼不能？」他此種類似偏執狂式的詰問，難道是在強調絕望在人的語言和思想中那不可平衡的悖論嗎？

✹

只要不加以節制，我便是一個在晝夜不知疲倦地繪製島嶼地圖的測繪員。我手中的這把尺子有著寬宥一切世事的決絕。

✹

遮陽蓬上的雨是定音鼓，房檐上的雨是中提琴，晾衣架上的雨是木琴，花盆上的雨是長笛，燈柱上的雨是小號，香樟葉上的雨是低音提琴……沒有人可以指揮它們，它們不遺餘力的演奏的確就是一齣晨昏顛倒的亂彈。

✹

作為一個過客，不應有不捨之心。

✱

　　30分鐘的波蘭短片《橋Most》以掠影式的鏡頭關注著每個人的擁有、喪失、離難、困厄、喜悅和悲傷。這些都與死亡挨得如此之緊，洗練而精准的鏡頭語言將一切交代得無微不至。旅途中的人看似各懷心事，而其實都在一趟上帝精心安排的列車上，悲傷是教誨，生死是泅渡。

✱

　　我們都是歷史的產物，不幸者之不幸就在於其恰好是災難歷史的一部分。比如二戰期間的猶太人、中國文革期間的知識份子。而生命得以延續的可能就在於對這些歷史的解惑，以巨大勇氣來反思由於人性之惡沒被遏制的集體的罪行，否則妄談生生不息，文明進步。影片《沙拉的鑰匙》令人垂淚。

✱

　　桌上的枯枝挪用了我全部的寧寂。我坐在暮色中聽勃拉姆斯，我就是一個四面漏風的人。

✱

　　心照萬物，而萬物有其自性，那個我也就微乎其微了。

✱

生活最大的淪陷,在於重複。是重複性推動杯盤在暮色中劈啪作響,將魚刺置於深喉。也許,我應該說,歷史是靠重複性寫就的,所以,全部生活都是遺址中正待出土的生活。

✺

我是一個在體內裝滿琴弦的人,一壺水沸騰的聲音挽救了她。

✺

走三步,是東牆,倒退二步,是西牆,拐個彎,碰到南牆,換件衣服,遇見北牆。關於四壁,我想得太多太深,但我從未想到可以去天花板上跳個狐步舞。

✺

有時薄如紙,一捅即破。有時可以禦敵,也可以攻城。更多的時候,猛獸匍匐在脊柱上,四周寂靜無聲。猛獸有浩大的假寐,我突然發現,我已開始向盲人學習走路。

✺

當寫作由無數個讀者轉變成某個讀者時,技術才是真正的細枝末節。當這「某個讀者」也消失時,寫作就只為解決自我而存在。

✳

　　論及生死總是傷人的。眾鳥在枝頭你一言我一語，我還是分辨出了白頭翁。它的繩索和刀子，它靜默的姿勢和斂起的翅膀，它輕柔而傷感，可以讓我慟哭，也可以讓我安眠。我的白晝都交給了樓梯，下樓，像一塊石頭落入巨大的海綿，上樓，像北風拍打枯枝。我還是得重複，捧一杯蜜柚暖茶暖心。

✳

　　寂靜大概是這世間最好的東西，可以為青魚換氣，可以給劍客療傷。唯有靜，雨水才是葆有日月節奏的雨水，萬物才是可以安得住的萬物。是的，寂靜，就是讓那些緊緊抓住你的東西一步步放開你。

✳

　　尺度感的喪失，是最澈底的喪失。

✳

　　候車室裡賣陀螺的人是肥碩的，在水面上搖來擺去的魚看上去也是肥碩的。

✳

隱身術練不成，只能練分身術，而要分成多少等份？我聽歐幾里德是這麼回答的：一條有限直線可以繼續延長。而，湖底的鱗片皆是鎧甲不再復出的徵兆。

※

雨奔向湖面，將自己埋得更深。黃葉縱身一躍，將自己埋得更深。枯枝的剝皮行動，連骨頭都埋掉了。這些教誨都無法抵達人心。

※

只要關上門窗，車輪在夜雨中呼嘯而過的轟鳴就和三十年前毫無二致。在無數個變換的時空中，應該有一種東西和虎骨一樣堅定，呼嘯而來，呼嘯而去，上山換皮，下山洗臉，但不曾置換去那個隱秘的核心。

※

擦鏡子兩個時辰，換去一層皮，換去無所不為的骨頭，換去不予群議的手掌，琴弦再次冷靜下來。我再次確認那趟從峭壁蜿蜒而上的列車，它是從夢中溢出的齊物之論。

※

心有猛虎，才能風過千枝而紋絲不動。因為一部正在熱播的

電影，我在淩晨端出「心有猛虎」這四個字，已再無奇幻之味。一隻被重複觀看的老虎已經殺死了一隻獨步天下的老虎。這幾乎就是這個時代贏弱的根由。

✱

許多「詩歌理論」不過是早已完工的結構精巧的建築內室中一些點綴性的軟裝。只有外行才將它們與精美的建築混為一談，只有無能建築的詩人才將它們作為建築審美的依據。

✱

在小號的顫音上，「大雪」越來越詳實。金屬味，是山野禮樂，街頭政治，有時，也帶來一小段從個人倫理中超拔而出的小音節妙音。

✱

沒有珍寶，只有泡菜壇。成堆的泡菜壇讓一切變得簡單，讓我成為一個在雲中漫步的人，可以在懸崖上拋下它們，也可以在雲梯上拋下它們，鞭炮一樣碎裂的狂喜，得以身輕如燕。我在高速路上做的這個夢被一顆釘子叫醒。

✱

被風沙拆散的骨頭又被琴弦縫補成型。而體內的異己有羊羔

的臉、有猛獸的臉、有分身術、有七步散、有鏖戰、有伏擊，這漸成的棱形有時無堅不摧，有時轟然潰散。

✱

世界滿滿當當，而人很容易就空了。人那些永遠也不能填補的空無就像一座自絕於海岸線的島嶼兀自流放自身。世界滿滿當當，只有這自絕的島嶼才可抵抗這世界鼓鼓囊囊的美學和機制。

✱

我凝視鏡子，我從鏡中所得之物只是一塊石頭。她是全部的重量和全部的虛無。有時在策蘭那裡開花，有時在屈原的汨羅江底沉寂。我看繚亂的光線在石頭上誇大苦難造就的天堂，我看後一刻的陰影篡改了前一刻最明亮的高光，靈魂恐慌得像一隻咆哮的骰子，孤零零地翻滾。

✱

作為一個喜歡吃偏食的人，我每到菜場都會為那些新奇的菜傾倒。看過許多人大叫牛得不得了的盤中餐，聞了聞立即索然無味。我不能因此說那些食物不是用良材製成，只能抱著自己挑剔的味蕾守住自我的廚房。是的，廚房裡充滿魔法。良材皆是障眼法，語言的差異也不過最後加的那點雞精，所有區別都在於精神的向度。

✻

　　同時將小號、鼓、貝司、電吉他、各種鈴鐺……弄得劈啪作響，世界終於在這些東西猛烈的撞擊中安靜了下來。如果再加點嘶吼，安全感也會飄然而至。看，沒有節奏，秩序就是空談。交織，碰撞，傾軋，淚花在心理打滾，翠鳥一頭紮進河流，巨石再次從山頂滾下來……它們毀滅節奏，它們生成節奏。它們陪我共渡。

✻

　　如果我只為擦淨這面鏡子，我又何必開更亮的燈照見周遭？蓬頭垢面上班，蓬頭垢面下班，我知道星辰在井裡更亮。

✻

　　在翠鳥祈禱河流不要結冰的時刻，一塊麥芽糖敵退了味蕾上的黃蓮。如果與童年之間只有一條直線的話，這條直線的一端是麥芽糖，另一端也是麥芽糖。童年的麥芽糖與貓眼、米缸中的毒蛇和門神黏在一起，此刻的麥芽糖像一隻孤品，已不展其味。

✻

　　夢以俄羅斯套娃的形式一層層剝皮，剝出枯枝、石頭、三角梅和層出不窮的逝者。最後，露出翠鳥的藍色雙翼。

✻

每當我憶起鐵象灣的池水和池中倒映的星空，我才能確認一切都有其不可更改的立場，不能被挪移，不可被置換。我這個漸行漸遠的人可以不向沼澤，不看深淵。我在一堵院牆下長大，我每年回去看一次牆下花開，我將爬山虎視作良藥，它們寂靜得不行，是的，只有寂靜能讓我找回自己，完成自己。

※

刻薄一旦裹一層才華的糖衣，差不多就是那粒弄壞一代人的四環素。其所製造的損壞大於病菌帶至的感染。依我看來，才華這個東西不過一種咒語，哈利・波特擁有可恢復一些禮制，伏地魔擁有則會禮崩樂壞。

※

從某種意義上來說，寫作是一種自閉症式的精神漫遊，無需此刻對話，不關注外在時空，不在乎普遍的語言結構，相惜於那些已逝的或根本不可能見面的遙遠孤僻靈魂，在劇烈的內心動盪之中構建一種靜默的美學機制。當我發現我的孤僻症傾向在逐漸減弱時，我的寫作能力也將逐漸衰退。

※

再緊密的鄰居也難以瞭解獨立的靈魂事件，難以瞭解疾病或困厄在獨立的靈魂機制中所發生的變革，從這個意義上來說，共同命運就是一紙空談。

✲

　　這個時代建造了無數閣樓，但從不存在真正的閣樓美學。艾米利・狄金森作為閣樓美學的開創者，她有獨立於其自身時代的完整結構。如今，有太多人將閣樓當作廣場來使用，天窗全都倒置了，一個個深喉一樣的出口直通地下室。哦，那裡絕對沒有陀思妥耶夫斯基。

✲

　　搏鬥，從不是偶然事件，是我們的生存機制。猛虎在山坳裡打盹，你會和混淆吼聲的鼾聲搏鬥，巨石立在斜坡，你會和它懸而未決的立場搏鬥，蟹爪蘭躲進積雪，你會和它垂詢於泥土的花瓣搏鬥，這鼾聲這斜坡這積雪這萬物盡收的泥土就是我們體內的倒鉤，是不能卸下來的鎧甲，是持久的偏頭疼和林中路上一縷斜陽。

✲

　　雪夜和雨夜到底不同，是大提琴和小提琴之別。雪來，低沉著撲面，將一切都推進溝渠，爾後，填平溝渠。我們有時在溝渠裡挖出星辰，有時在溝渠裡挖出鏡子，傾覆這隆重的一生。雪來，夜晚長出新的教誨和一個債務償還不清的王國，琴弓挪動一下，石碑立起來一大片。

✲

雪花擠破了四壁。賈桂琳・杜普雷的眼淚,雪花陡然凝成險峰。世界消失了,只有琴弦和琴弓,是彼此的情侶和仇敵。一會兒麥芽糖一樣黏在一起,黏出苦味,一會兒枝頭鳥一樣一拍即散,散出星辰。終究是丁零,是弦和弓的此消彼隱,是密林中的一聲太息。

＊

　　整夜我都在洗一件白衣服,燒 60 度熱水,用斷 2 根牙刷,鏡子撕開一層再進一層,白得多麼舊啊,而每一個針眼都是全新的,指尖和流水都碎在這白上了,我眼睜睜看著灰燼從鏡子裡溢出來,為白所溢,服從這場洗滌。

＊

　　山中炭火是詭譎的,可燉驢肉,可生胭脂,可化殿堂在杯盞中,可令山川草木鳥獸在一根琴弦上兵敗垂成。

＊

　　當邏輯不以邏輯而出現,且自成秩序,繩子的連續運動就會成為圈套。

＊

　　氣虛氣盛,都是不可言傳的東西。上氣不接下氣,談判桌上照

樣重器騰挪，真到了挪不動的地步，自然短劍斃喉，這之前都可看作氣象非凡。好比潘神，人身羊角，有尾有角，神靈之力全在那口氣，那支笛曲，笛出，化腐朽為神奇，而人之見，有笛無氣。人最終談判物件只有一個，那就是自己，審判在此，寬恕在此。

＊

　　做針線，讀書都可忘我。將這個我擱置一邊，整個世界就太平了。這話反過來說似乎是這樣的：諸多不太平大抵是因自願或被迫被放逐的自我的飛揚跋扈。這有何用呢？到底有枯萎在等著。再走，有黃沙在等著，這個「我」多麼經不起推敲。對啊！如此貼近虛無，不就是為了向湖上漂浮的花朵澄清？

＊

　　夢見父親，推過來一隻杯盞，幾乎飲盡杯中物，被自己的一隻耳朵驚醒。從不許任何人使用其杯盞，是父親生前潔癖之一種，我時而犯忌，然禁不住無賴之舉，勉強不予我深究。兒時將此生耍賴之能用盡，以後再無可乘之機。只剩下拉磨、過河；過河，拉磨。在河中蛻皮，在河中脫髮，在河中讓鎧甲越來越亮。

＊

　　讀一小會木心，正談十九世紀英國文學，到貴族拜倫處真是風度翩翩，絕美！彷彿彩霞仙子與遠征航帆一場壯闊的際會。自由，是一幕無邊的大背景，不羈而純粹，彷彿血液裡從無一絲雜質。這

個隔了一個多世紀如此推崇拜倫的木心，應是貴族精神的相惜，是天性中的相同修養。我這個俗人看了也不禁閃亮了一下。

※

想曬太陽的人總有一個影子高過頭顱。枯枝淩厲，枯枝亦不例外。

※

世間最高讚美，最高成就獎其授獎詞我覺得應該是：一生生活寧靜。

※

我看冬日裡不改蒼翠之姿的草木和一群皺巴巴練太極的老人，幾乎尋不出一處可以談得上成功的人生。豔陽下沒有，灰燼裡更沒有。

※

虛無開出花來，四時不謝。色澤多端，每時每刻香氣奪人，密室中花瓣鈷藍，推窗後成赭石，街頭熟褐與群青彼此滲透，層層疊疊的濃郁，嗆著呼吸。它在我的案頭餐桌上開得火一樣瘋狂，擠走語言和杯盤。

※

　　詩歌如果是一隻身藏人世密碼的洋蔥，每一個情不自禁去剝開它的人都應該會蓄滿喜悅和悲傷的雙重眼淚，而，最終悲傷會奪眶而出。

※

　　讀到：「她與丈夫談心說笑，覺得累了，就偎在他臂上睡去──無病痛，死了。」大美！這是前世之修，無幾人可得。她是伊莉莎白・芭蕾特・勃朗寧。

※

　　世間大美無外乎「雖不能至，心嚮往之」的擊節撩撥，世間大悲則是一路遙望，看到絕望為止。前者可見貝多芬的音樂，後者可參當下社會景觀。

※

　　一首詩堵在心口，密不透風。一支船隊也載不動它。

※

　　雨中新葉已具備傾聽者的良知，而眾鳥之議已損壞最仁慈的耳朵。

✻

　　自己跟自己賽跑，自己逼退自己，冷風撲面，除法運算不就是萬象皆空之空嗎？這算不得妙法，而眾妙之門前皆有一世妖魔。梅花在小樹林默默立著，花瓣傾軋就像一場事故。虹古路上，應召女郎成群，大聲說日語，孤魂野鬼般叫著。這真是一個鬼話連篇的夜晚。我退到三十六年前，不知要憑弔何事？

✻

　　到底是放在針尖上好呢？還是放在琴弦上好呢？案頭有枯荷，書籤上有蓮花，鏡中人不停地擦鏡子，交錯的細痕自食指開始一路蔓延。

✻

　　老母親在5樓燒水，我在靜室之中聽G弦上的巴哈。「上海大雪吧？」我從不給母親講我身處的天氣，她還是如三十多年前幫鄉鄰們預測天氣那樣提前得知。當然三十多年前，她靠風和雲判斷，現在她耳背眼暈得依仗天氣預報。「落雪了你還是不回來好，要不又凍病……」這不是她的真心話，她心知肚明，我心知肚明。

✻

　　在窗臺晾衣。在窗下翻書。風邀請被凍傷的吊蘭跳笨拙的

企鵝舞。陽光升起來一尺又矮下去一截。雲雀在香樟林裡探頭探腦，這香樟林裡不可更替的天使。鷓鴣仍不改節律拉自己的小提琴，純美之樂。哦，松鼠已經將自己的長須伸進裝滿覆盆子的果盤。想起魏爾倫說：「這裡沒有一行不是生命。」

＊

赤醬濃夜看到木心說：「藝術，是光明磊落的隱私。」不禁感覺頭頂多出一束光。

＊

人拼命尋找依靠，不小心就會成為流浪者。藝術也好，生活也好，依靠之物大多靠不住，還是得獨立出來，無前行人，無後繼者，獨一無二，才是真自由。

＊

在密林中聽鳥鳴，在太陽下讀閒書。從民國走過來的大家閨秀的母親都會對孩子說同一句話：「人多的地方不要去。」歷史如此教誨：人多的地方往往更多荒謬。香樟林中，鷓鴣高高低低都是一曲妙音。

＊

在人類所有關係中，同性異性，到愛慕為止是最完美的關

係。往前一步,可能兩敗俱傷,行不至此,不存在最美的景致。只有恰在此點上才可能有傳奇,有佳話。除此,都是唇齒相依,糟糠日常。

✱

一天聽一隻提琴,終於聽出風暴。落日。荒年。瘋樹。一隻鏽跡斑斑的鞋拔子。這幾乎不能重述。我從兩端打開這無調的日子,一端是黑夜,另一端是更黑的黑夜。我坐在琴弦上,苦勸自己:放棄一盞燈,你就與整個世界和解了。

✱

岩壁因其生動而成為猛虎。有時,我在猛虎頭頂插一枝花,荒蕪也能使人為之一振。有時,我假寐,圓月高懸,攏住一個生動的世界,猛虎與猛虎的鏖戰就像一場越獄。更多的時候,我心腸太硬,無法與猛虎一起慟哭,我們彼此張臂擁抱,將生活當作一場奇跡。

✱

萬竹臨風,誰可見其中一株?而其中之一之禦風長存方可見生命之生動?誰會長久凝視並涕零而悲喜?到底還是這獨一可貴,而人終究無法維持其可貴。在閩北群山之中,這個我是不存在的,這個世界更是不存在的,除了地底下的根須相連。

✻

　　一旦我以群山為喻體，我便是那個通過貓眼聽風的人。父親長年出山進山，最後成為山崗上一株灌木。我去山崗看他，他便在風中點點頭：「多跑幾趟，孩子。多跑幾趟，你就越來越熟悉泥土的味道。」我知道，未及白頭，我就會踏平山崗。我與外面世界發生的那點事只是灌木上的一小根尖刺。

✻

　　飛機從雲層裡開始降落時，我很想拉住它。雲上多麼輕，如何都能飛得起來。而大力士擰成的繩子正栓住它的尾翼，它稍一使勁，飛機就直線落下。我多麼輕，輕得難以與一根針抗衡。飛機一著地，塵土就蓋過了我的頭頂。

✻

　　我一直在等灰椋鳥從香樟林中跳出來。如果此刻，它能突破蔽日枝蔓，奏一曲小調，巨石可能會安靜下來，甚至停止滾動。夜幕嚴絲合縫，灰椋鳥也進入這嚴密的秩序之中。是啊，誰可以打破這秩序，和諸神展開一場據理力爭的談判？

✻

　　一個習慣按門鈴的人總是容易丟掉最緊要的那把鑰匙。
　　黑烏鶇在如蓋香樟林中檢查關於命運的漏洞：一隻自鳴鐘深

不可測的內部。

*

　　山茶紅豔，風信子幽蘭，海棠怒放了，梨花滿枝頭……我看著它們，止不住淚流滿面。這多像一幕活過來的佈景。我看賞花者的面容，我看佈景前的戲劇，春天既是序幕也是尾聲。

*

　　自戀的刺蝟，盲從的擁躉，皆可視為生命的劣跡。

*

　　如果諸神曾賜予過我語言，用以理解萬物，此刻，我該向諸神訴訟我已痛失所有語言嗎？萬物各懷其謀，將我置於洪荒，世界就像一隻填不飽的巨大的蠱子。這蠱子航母，這蠱子艦隊，每日都將搏鬥者的遺容高懸於樓頭。

*

　　好好一個人，在路上，走著走著就成為碎屑。一陣風，就了無蹤影，就令星辰顛倒於無際。而四周，迎春花開得熱烈，松針聳立就像一座廟宇。途中，我被從背後突襲的一隻塑膠袋驚得魂飛魄散。

✳

　　讓那些星辰一樣高懸的路燈、日月一樣偉大的詞語，和人一樣卑微於塵世，這就叫作生活。

✳

　　街邊草木皆有無為的經學，四時不增不減，長相同的葉，抽相同的枝，結等量的果。每天，那些經過草木的愁苦的臉、褶皺的臉、帶著胎記的臉、鑲金牙的臉、深度失眠的臉、被成功學毀壞的臉、在考古學中失傳的臉、低於塵埃的臉⋯⋯無枝可依。

✳

　　我是如何安排那些僅存在於靈魂中的情節的？我又是如何經受嚴酷的辯證法將他們化為案頭杯盤的？那些還在夢中滾石頭的人，那些由碎片組成又化為碎片的人，那些經世不朽的妖魔和沙灘上補網的人，他們在我的故事中進進出出，就像一支諧謔曲在最關鍵的音符上掙斷了琴弦。

✳

　　熬一碗稀粥，聽西班牙著名女高音菲格拉斯的《今日無船遠去》，胃痙攣。此刻，白頭翁多麼寂靜。在洗衣機裡翻滾的舊衣服正在進行「可能的換位」。菲格拉斯已經唱到第 4 支曲子：假如夜色陰霾。她把淚水塗在翅膀上，她在石頭上擊鼓，她已給憂

傷作出邏輯學不能解釋的定論。

※

　　虛無這把剪刀，放在哪，哪就有一長串豁口。人們假裝看不見它，假裝有一長串豁口填補物，假裝自己就有一雙剪刀手可以快一步將其斷於刀鋒……而這在街頭在杯盤中在繁花間在清晨鳥鳴暮晚雲霞和夜晚繁星中永在的遁形物，即出即新，即興判斷，時刻都有削鐵如泥的剪刀八卦陣。

※

　　如果諸神不在明處，不在高處，與我同行於黑夜，我們將永不能談論救贖。

※

　　除了這點喜怒哀樂，人何以為人？除此，只有二界，一為猛獸的世界，一為佛陀的世界。人，註定不倫不類，夢幻顛倒。

※

　　說什麼呢？說困厄也妄。說悲傷亦妄。風來，接住，雨來，接住。上帝的獨眼鏡裡，有一個豁口。

※

如此沉寂。兒時我娘時常在我百毒不侵的耳朵中傳送的話「命也。時也。運也。」此刻陣陣轟響。這雙被猛虎吻過的耳朵被震出一頓寒冰。

＊

　　這個假設的我是如何辨別隨時都在變化的椋鳥的歌聲的？其所依之枝是如何在四時的幻象中清晰起來的？我對繁枝和鳥鳴的重複肯定，難道只是為了證明：我這個一再被上帝否定的人在萬事萬物中也存在一己命運？可以在這個上帝之外重新發現一個新的上帝？

＊

　　從來就不是人在選擇生活，而是生活將人作麵粉一樣碾碎了高空拋擲三百六十度翻滾揉成一個個面目全非的麵團。豔陽刺目，我在街頭的翻滾日見熟韌。

＊

　　一群人在十字路口攝影，一個闖紅燈的人跑得比時間更快。今晚的羅宋湯中有2只辣椒，淚水比湯更快到達腸胃。計程車載張雨生，遙遠的事物可望不可守。

＊

每一天，總有一隻無名鳥送給我一段曠遠幽深的旋律。它極具穿透力的聲音在四季中皆具明澈的節奏，像巴赫的平均律四時不謝。我有時將之視為靈魂的鏡像，陽光照在鵝黃色的枝頭，哦！靈魂到底還有一個同伴在林中漫步。生活彷彿也可以安營紮寨。如果我淚流滿面，那一定是為了感激它饋贈的不可碰觸的安寧。

※

　　誰可以懾住我杯盤中滾燙的三叉戟？誰可以將朝我撲面的千萬噸海水風化成鹽？花開在天使窗前也開在魔鬼窗前，而人惟有領取一張既虧欠魔鬼也虧欠上帝的痛苦的臉。

※

　　我坐在群枝搖曳的窗前，聽椋鳥彼此應和的奏鳴，彷彿夜晚的懸崖不曾存在過，幾次三番的疼痛、哭泣不曾存在過。彷彿有幾個平行世界可以任由我自由穿梭，一會隱沒自己，一會發現自己。彷彿生命真的可以扔去一個軀殼，換得一個真身。彷彿我們可以在四時不謝的繁花之中，真的不用面對死亡。
　　我坐在陽光下，總有猝不及防的暴雨在體內橫行。椋鳥一會兒發琵音，一會兒發琶音，令香樟林惶然律動。我總在想，你會以什麼樣的形體回來？坐在我對面，笑得像個孩子？我一再見此笑，一再大雨滂沱。

※

哪個是夢，哪個是真實的？早已無從分辨。眾鳥在枝頭跳躍、三輪車碾過石子路、一封信在郵箱裡叫醒枯枝、奔騰的江水在下水道裡千軍萬馬般不舍晝夜……它們皆是邊境線上的介質，一側燈火如注，一側萬象皆空。

✳

案頭白掌死過一回，它又活了，更有新枝馥鬱。窗前文竹死過一回，它也活了，新綠擠去枯枝。一個固定的位子一直空著，將永遠空著。上帝的羊羔一再消失於灌木叢，對於那些巨大的溝壑，我如何能克制住不說？

✳

枯坐在寂室中聽貝多芬，一個迴旋撲向四壁，哦！一個世紀已經遠去了。窗外雨在進行另一場演奏，塵世中黃沙順勢跳上屋頂。我像石頭一樣坐著，任音符在我身上刻字。誰也不會看見那些飛沙走石的銘文。

✳

拐角處，猛然撞碎了自己。

✳

陽光快要將灰斑鳩的羽毛染成金色了。我突然想，如果我

漫步街頭，會不會在拐角處迎面撞進你的懷裡？那時微風潤耳，椋鳥齊鳴，你像一個歸來者那樣抖抖灰塵，又傻呵呵的笑著。你好！盈盈清淚。你好！寸寸斷腸。

✳

　　自鳴鐘宛如雷霆。她躺在老母親身邊數自雷霆不斷滾落的石頭，靜默無聲。幾十年滾來滾去的石頭，每一個都生龍活虎，老母親不斷讓它們更加生動。這個歸來者只有聆聽的權力，她無法訴說，她是個啞巴。她習慣在石頭上雕花，她早已學會在餐桌上巧妙使用鎮痛劑，在濃夜醫治裂開的耳朵。她成為一個啞巴。

✳

　　如果沒有荷馬，誰能知道奧德修斯的歸鄉之途實為漂泊？這個盲人啊！有一隻專給赫耳墨斯製作的郵箱。

✳

　　一小片月亮從窗縫中擠進來，睡在枕邊，睡成一條白蛇。她聽老母親的鼾聲，她拉緊藏滿藥物的袋口。請別喚醒白蛇，別聽河邊寺院裡的頌經聲。

✳

　　你如何能抑制暴雨不從豔陽下的枝頭和花瓣上沖出來？你如

何能拼接碎成一地的杯盤？將它們當作糖果咽下去？

※

　　漫長旅程到底尋找什麼？一面洗刷一新的鏡子？未被沙石擊穿的鏡子？未被洪水推翻的鏡子？未被偶然奪去的鏡子？雨水總是趁機爬上來，橫在鏡面上，講述著混沌和虛構。

※

　　一雙失聰的耳朵多麼好，與萬物有各安天命的自由。

※

　　天亮了，天黑了。我在這一天中塞滿柳絮，你總在細碎的柳絮中生動起來。每一天，柳絮多出一噸，多麼長的長途！艾米莉‧狄金森說：世界越來越大，親愛的人兒越來越少。這柳絮中的重逢驚濤駭浪。

※

　　寂靜來時，暴雨即來。記憶來時，崩潰即來。終於，暴雨頻來，崩潰不止。

※

是憂慮讓田地秧禾青了黃，黃了又青。談論死亡時我們談論什麼？群山巋然不動，群山令我涕零。兩岸間流水不息，兩岸令所有廢物兀自生動。

＊

我從湖中拖出枯竭，它令梔子花叢破牆而出。這些白色，深不見底。是枯竭誕生了更多的偶然性嗎？我一遍遍從湖水中確認枯竭，難道不是為了在日落之前贏取一個被更新的詞語？我的寫作難道不是對枯竭和災難的雙向指認？這險象環生的指認，從來都是生命的直播。

＊

時速 3529 公里的暴雨呼之即出。與餐桌上杯盤碎裂同速；與整座花園凋敝同速；與摩天大樓聳入雲霄同速；與街頭禮崩樂壞同速；與靈魂在懸浮鐵上一路狂奔再無異己同速。聽說這是最新來福槍的時速。這些不受眾議的子彈無人能夠埋葬和哀悼。

＊

再明亮的街道，都有讓人失眠的旅館。5 年前的旅館依然是生動富有戲劇性的，一扇老虎窗處在明暗交界線上，它注視著那個整夜遊蕩的人在四壁之中執筆而歡，就像海邊的安哲羅普洛斯暢飲孤獨似還鄉。

✲

　　整座旅館就像一隻巨大的鼻涕蟲橫在路障頻出的街道上，而這個患有遺忘症的旅客又發作了思想的毒癮。瓦礫又回來了，刀鋒又回來了，枯萎的雲朵又回來了，棺槨又回來了。這些動盪的詞語，擠滿旅館的房間。它們一搖晃，街道就坍塌。

✲

　　這些密碼一樣只在這獨一靈魂中才可破解的詞語，寫在紙上虛擬空間中抽屜裡廣場上與寫在海水裡灰燼中有什麼分別呢？將它們倒豆子一樣傾倒各處，無非是讓靈魂多幾處倒影，讓這些倒影喚起另一種虛構的衝動：靈魂無時無刻不在尋找圓融之境而讓孤獨變成一個有可視介面由後臺控制的完整作業系統。

✲

　　在 30 樓看，江水是靜止的。橋上燈影織成的金線瓷器一樣易碎。我描述這被動盪過濾後的傷感的插頁，幾乎與這世界達成了和解。是什麼加固生活在太多幻境中仍然具有鋼鐵的原型？江水靜止如一顆碩大的眼淚。

✲

　　高架橋下的晚宴酷似地震局應急處理小組的緊急狀態，我們圍桌而坐，就像彼此的倖存者。就為這舉杯吧，千萬別讓藝術在

杯中蛇影。毫不諱言，真正的藝術就是一場靈異事件。我們對食物的禁忌，幾乎就是我們的審美。

✳

醒時所失，在睡時重新擁有。這大概就是平行宇宙。而痛苦既私設公堂又詆毀審判。我一會是一個空殼，一會是一隻塞滿暴雨的瓦罐。

✳

當記憶在瞬間被蔽屏，記憶就變得無度。有時候，人們痛憶往事只是為了打開一隻失事的黑匣子。我們的無知在於，我們難以評估痛苦的波長對諸神和人類是否施加了均等且強大的力量？

✳

飛燕草令我動容之處不在繁花滿枝，而在其真。立於路邊山頂河堤庭院高牆，都是同一風姿。這精靈般自然而然的立場才是至善。薇依說：與精靈相比，人類顯得毫無理性。人的行為不包括認知。我每至飛燕草前，都有受到詛咒般的羞愧。

✳

我的胃口總是被一種不願省略任何虛張聲勢的煞有介事弄壞了。

✵

　　他們吃蛇，他們剖開梅花鹿的肚子，他們披鱷魚上身，他們在密室進行圈地運動，他們一分鐘摧毀一個十字架。我為什麼會在他們中間？這面擺不平的鏡子，有時為破壁而撞牆，有時為吞下碎鏡子而禁食不止。

✵

　　第三晚，她發現清理房間是可以上癮的。屋子裡空空蕩蕩，這絲毫不影響她一遍遍將屋子收拾得更乾淨些，這比閱讀更令人愉悅。沒有一件家具多麼好，連床墊也不需要，醒著時陷進過去，睡著時是雙倍沉陷，她從未擁有過睡眠。她剛停住整幢樓都在搖晃，假如樓瞬間坍塌，沒有一隻手可以握住。想到此她找回了寧靜。

✵

　　這只患有孤僻症的螞蟻坐在 10 樓的陽臺上看樓下群蟻流動。他們似乎各有目的地，而地上佈滿零亂的足跡。他們的身體是透明的，頭顱像一隻活塞，下水管結構的腸胃決定了他們以怎樣的秩序自欺。是的，這些被技術理性餵大的頭顱的所有行為都是掙扎。而並不存在另一條路，另一個渡口，另一艘船前來泅渡。

✵

剛剛過去的颶風幾乎拆散了所有骨頭。大賣場廣場上維塔斯式的爆破音又將所有裂開的骨頭粘合到適應日常的原形。真要感謝這堆滿快消品的廣場啊，它讓思慮放棄進一步挖掘。靈魂會為迎向颶風無遮蔽的奔跑而尋求寬恕嗎？這肉身的雙面間諜，有時是猛獸，更多時候是孤兒。

※

如果我們是在不同緯度中，如果我們所有意識都是彼此的絕緣體，如果時空在無間隙接觸的物體中仍存在巨大空間站，我們對彼此的認知就是一頭牛和圍繞著它旋轉的蚊蠅之間的認知，尋求價值認同就是無稽之談。幹嘛要尋求價值認同？這真是人最大的狂妄。

※

風一次次訪問四壁中的老榆樹，一次次掀翻它的立場。在向四面八方打開閘門的候車室，老榆樹捂緊的耳朵有比埋入土雷根鬚更深的裂口，這些頭顱倒立的旅客，這些比陀螺轉得更快的無鰓的軟體動物，唯有牙齒具有鋼鐵的意志。多麼孤獨的老榆樹啊。它的每一片葉脈都像我被世事重新組裝的闃寂的內心。

※

38度，所有街道粘在一起，是一隻燒烤過度的光餅。赤裸著上半身的摩托車手彷彿佛洛德筆下的人物從街道穿越而過，那

不斷下墜的贅肉，早已將靈魂擠得無影無蹤。太陽底下無新身。我想要向上帝解惑的唯一問題無非是，人這種物種是應何種目的被造成了這副模樣？

✳

除了自我審判，這世界幾乎再也找不到一把尺子可以丈量靈魂的深淺。

✳

將眠未眠之際，鮮嫩蠶豆的清香在舌尖越來越清晰，30多年前母親的手藝，以炭火佐米飯蒸熟，尤解午後饑。這股清香在舌尖漫溢時我正在想，在我有限的閱讀經驗中，誰讓我最為開心？然後困意席捲，母親樸素手藝蠶豆如一顆不願離開的星辰讓黑夜再次亮了起來。

✳

我為什麼固執地認為一株狗尾巴草美過任何一個人呢（想到此我那些可愛親友的面容像一朵朵太陽花）？每一天，我和成千上萬的陌生人擦肩而過（其中有上百個來自深不可測的鏡子），越來越沉默，越來越膽怯。這些猛獸，每一個都發出鐵與鐵的撞擊聲。我在狗尾巴草上所獲得的靜謐的安慰就像佇立在人世的哨崗。

✳

遵義路上,我一直在想那個叫 1900 的鋼琴師為什麼棄絕登岸?晚風讓髮梢向上,在每一根髮尖安置一枚箭鏃,又猛地垂直向下。頭顱離靈魂三千丈,靈魂離箭鏃負三寸。我為什麼喜歡在深夜練習短跑?為了讓遵義路上的竹影剪碎這具搖搖晃晃的肉身?

＊

貝多芬和獅子吼,多麼傑出的佩劍。

＊

剛剛過去的颶風幾乎拆散了所有骨頭。大賣場廣場上維塔斯式的爆破音又將所有裂開的骨頭粘合到適應日常的原形。真要感謝這堆滿快消品的廣場啊,它讓思慮放棄進一步挖掘。靈魂會為迎向颶風無遮蔽的奔跑而尋求寬恕嗎?這肉身的雙面間諜,有時是猛獸,更多時候是孤兒。

＊

邀貝多芬同行,體內暴雨也可高掛雲端。野草叢遇這獨一枝,為這綻放於無名,為這遺址般的孤詣,我向它交代了被鎮痛劑挽救的夢。

＊

陽光灑在萬物上,解析度超過 1000dpi。這烈焰蒸騰,這纖

毫畢現,也許就是潔淨之一種?我的體內有100只貓,通常是99只猛虎活在人世,這貓性虎軀,也許就是最不可思議的遮蔽?1000dpi的陽光照在我臉上,可以照見雙目中的鹽,這些結晶體揮之不去,只因有人像星辰一樣來過,又匆匆離去。

✻

趕一趟慢車,沿閩江而上,巧遇白鷺在江堤上早會。這些密林中的泰坦族,辭拙而意工。江水澆滅夾竹桃燃燒的花瓣,反復擦亮屋頂上禍世的利斧,令群山為之寂然。江水亦有停駐之時,像一段迴旋曲掛在夢的尾翼上。

✻

雲尾擺動一下,魚鰭折斷三寸。雲端上的那一小塊骨骸,將世間風雲完全拋擲身後。

✻

人前喝茶,人後嚼針。這是一個習慣了艱險的人的習慣性邏輯。世間所有疼痛都是私人的,最好不要輕易將之公示。

✻

長夢,像一首詩中顯著的敗筆,令嗜夢者陷入不義之境。我在夢中反復寫下這句話,就像一個權威的注釋推翻了糟糕的正

文。清晨空空蕩蕩,唯鳥鳴匡正山水,唯鐵器無視生死。

※

　　神抽身隱退。每一天都是混沌在說話。每一天都是被敗壞的一天。

※

　　根據本人一部廢棄年久而失修的以鏡子為軸心的小說之觀點,每一面鏡子裡都住著一名叫梅林的魔術師(排除二年級時由寺廟改建的小學操場上,一名擅用障眼法以鋼絲穿舌的江湖術士帶來的陰影,我的最高理想是成為一名魔術師)。每一天必有一段魔法時刻,在鏡中種植草藥,鑄造鎧甲,反覆練習還魂術。為了與峽谷中的巨龍交換彼此脊骨上的藏寶圖,不得不多加入解剖學的研習。我總是毫不猶豫地拉出骨頭中的草木山水,靈魂漫溢各處,纖毫入微!誰可為靈魂之唐突之荒蠻一辯?這哀傷的猛獸,這喜歡在灰燼中,在審判席上魚躍的孤立者,總想從鏡子裡獲得神啟的語言,以召回那個離散已久的人。

※

　　風給門上鎖的決斷力讓我靈魂顫慄了一下。意外總是具有最高能旨。寫作如果不是為了在靈魂的事端中尋求和解,就是為了給洪水一樣不可回頭的生活製造一個逆向的漩渦。這漩渦其實比洪水更讓人失去抵抗力。我為什麼要用寫作去解釋寫作呢?難道

是因為 Claudio Arrau 用貝多芬的一小段迴旋在暴雨中構築了連廊？

✳

　　我這個避雨的冒失鬼幾乎觸摸到了連廊的哥特式尖頂。就為這難以加固的肅穆吧。在洪水的經過的港口，一個逆向的漩渦幾乎就是我們全部的安慰。

✳

　　語言如果不是為了完成孤獨，就是未完成的語言。這是諸神留給人類的最後一片鎮痛劑吧？

✳

　　如果不是記憶故障頻出，我應該可以將砂礫都翻滾成巨石。這個體的律法，只存在於一個以物活論服從偶然性的國度。

✳

　　還是說說貝多芬吧。他哭，我哭；他笑，我笑；他乘舟楫回港口，我看見港口被星辰環繞；他痛飲濃夜，我在夢中加重病症⋯⋯誰可以解釋這一切？除了靈魂一場接一場的暈眩。

✳

一部爛片,再好的結局也是不堪的。

＊

　　坐在山上喝茶,星辰也可以觸摸。跟樓底的人在一起久了,連樓梯也變得陡峭。

＊

　　椋鳥先奏快板,再奏柔板。我窗前的香樟仍在假寐,我口中的苦味鮮豔欲滴。最難熬的夜晚已經過去了,我一定要防止交代出它的危險。

＊

　　窗外雜象混存。我的眼中只有一顆努力生長的孤獨的歪脖子樹。這有限的風景攔腰切斷無限,這無用的生長連死亡也不在乎了。

＊

　　向日葵飽滿,也有意外的黑洞。

＊

　　人,不論男女,不應將維護尊嚴的責任,擁有勇氣的責

任,獨立靈魂的責任,學習智慧的責任,承擔自我蛻變的責任推諉給他人。在與上帝的輪盤賭上,除了完善自我的選擇,人,不可能有任何贏的餘地。

✳

你只看到回家路,卻沒看到這些漂泊正是全部旅程。

✳

夢裡哭了那麼久。沒有驚動任何一個人。

✳

年底的事,多是了結的事。公、私皆如此。否則這年怎麼也過不去,新舊不談,總是要有一些有盼頭的日子放在前面。哪怕你知道,這盼頭也不過是劑量充足的嗎啡。走夜路多了,就知道這世上唯一可靠的也就這麼點東西。基督也不過是依靠這點東西在十字架上不知疼痛。

✳

世上慈母,越年老越惜句。我的外祖母,一雙小腳,自六十多歲,每日話不過三。一直到她八十二歲辭世。我母親如今七十有七,每次電話只有一句:照顧好自己。

✳

　　最好別讀者成群，當下，沒有一個「群」是值得信任的。只有一對一的個體才可能具有慧心和仁心。

✳

　　生活都是被自己毀掉的。而自毀者往往不自知，這才是真正的悲劇。稀裡糊塗就是一生，這樣的例子比比皆是，而這樣的例子從來沒有起到教誨的作用。有時，一分一毫的差距就足以改變一生的因果，我們之所以如履薄冰，也因為這一分一毫至關重要。而，只有極少數者才可能減少這一分一毫所導致的悲劇。

✳

　　一對父子在草地上玩丟手絹的遊戲。父親赤腳，兒子穿襪子，兩隻小鞋高過青草，兩隻大鞋低於懸鈴，微風拉住日光，微風來不及將最美的花朵送給他們。

✳

　　沉思者路上的岩石仍未磨平。那些銳角和鈍角，有時割傷雙腳，有時成就雙腳。

✳

我在凌晨挽住椋鳥的翅膀，跟著它鳴唱，只為攝住那漫長的噩夢。我所領教的死亡躲在它深藍色的房間不肯出來，它纏住我的脊骨，一天敲打一次。

✱

一個為這個世界帶來妙音的人，可能就是一個失聰者。有貝多芬為證。一個為這個世界創造奇景的人，可能就是一失明者，前有荷馬，後有迷宮製造者博爾赫斯。在那些真正具有能量的靈魂中，世界從不是以我們所見的此種秩序在運轉。他們極強的獨立性可以為時空帶來另一種秩序。

✱

人類大概只有在嬰兒期會被自己的屁嚇醒。
我有天使在側。我不敢大聲說話。

✱

倒空的瓶子排列整齊在大門的入口，我坐在這裡──依然顯得稚氣未退，但精準地辨認出老時的模樣。

✱

沒有一種生活經得起效仿。

✳

　　生活一直在消耗我們，以至於讓我覺得語言本身是最大的荒謬。一旦語言被說出，荒謬就被證實。

✳

　　世上所有的路，走得通的只有一條，它的名字叫自救。

✳

　　在自我的圈套裡，永遠找不到解套人。自我早已成為圈套的一部分而內外無援。

✳

　　最需要進行的抗爭是不與命運抗爭的東西抗爭。

✳

　　任何時候都沒有捷徑可走，生活的教誨所提供的答案是，很多時候你必須選擇最難走的那條路。你知道艱險異常，但它恰好提供了正確的立場，獨善的尊嚴，獨立的人格和立誠之心。一個人活著，無非是要努力活成一把挺刮刮的尺子。

✳

基因決定了一切，教育都是徒勞。我不相信可以教育好一個人，就像我相信這世界從無平等可言，因為基因的差異，一出生就不平等，就像我從來不相信人性，從未真正愛過人類。人的自私往往以利他的面目出現，人的貪婪往往還穿了一件合法的外衣。

＊

重要的是那些埋得很深的暗湧，那些岩層下的熔漿，那潛伏很久的食人鯨，是否擁有真正的平靜。它們會出其不意地在你的腦垂體上演最激烈的爆破行動。

＊

人很難知道自己哪些東西是該刪除的，就像一首詩中那些過於輕佻的部分，因為寫得不費勁，寫得過於順暢，而生出重要性的錯覺。

＊

只有達成美學上的共識才有和諧可言。

＊

我的各種無趣，和這不經意擁有的驚濤駭浪的半生之間，必有蟲洞。我是我不曾重逢的那個人。我是我畫出就已褪色的那個人。

✽

　　清晨的癱瘓來自思想病，來自盥洗室天花板上 1000 瓦的白織燈，來自穿再高的高跟鞋也夠不著的那一兩朵白雲。所以，請讓我嘴巴閉一整天，眼睛裡什麼也不放，將化妝盒塞進馬桶中的蓄水箱，各色粉底在蓄水箱裡飄著，比堆在臉上精彩一千倍，請讓我舉著一臉蒼白將昨晚的夢再夢一遍。

✽

　　廢品比比皆是，辜負了上帝的那一小塊泥土。

✽

　　假如荷馬和博爾赫斯毗鄰而居，且設攤占卜，我們必定能看到雅典娜，赫耳墨斯，波塞冬⋯⋯有諸神在側，命運這東西才有條件一談。而這個菜市場的王瞎子的確也有不少追隨者，聞著烤鴨的餘味，命運自當戲說一回。

✽

　　早春，大片灰暗中開始有鵝黃，有新綠。看山川田野在迷濛細雨中似睡非睡，未醒將醒，不禁感歎印象派大師們對自然之敏銳。那些細緻的光線、變化、明暗和時間的痕跡，體察入微。迷濛，實則是一種大美。

✻

　　草地上野花高聳，高牆上枯藤倒懸。我一直以為這是生命的兩條邊界。這兩條邊界之內外，皆為俗世。

✻

　　還有什麼比語言不到之處更折磨人呢？啞巴如果不聾便是人間極刑。還是要記住我的良言：請掏空罩子裡的耳朵，請葆有墓碑上的空白。

✻

　　在卓絕的靈魂那裡，最不堪的生活也好過庸碌之輩的力爭上游。而，最大的傷感就在於，庸碌者不計其數，卓絕者廖若星辰，很難被理解的，怎麼可能得到善待。圖靈說：「告訴他們，我度過了極好的一生。」

✻

　　生活中只有一種道德，那就是尊重內心而活。

✻

　　人生得意之時也不過就是，有良人可入心，有儷景可入鏡。

✻

　　人一旦脫離其處境，要麼是純動物性的，要麼大放異彩其神性。而，我們幾乎找不到一個可以脫離其處境的人。可是，人的動物性遠大於神性，這一點深深困惑我心。

✻

　　事物有其自身邏輯，但不是人的那個邏輯。人所有的勝算都是失敗的概率學向偶然性所作出的證供。

✻

　　人除了生活經驗，還需要有情感經驗、思想經驗、痛苦經驗、死亡經驗、看不見之物的經驗、玄幻的經驗，甚至鬼神的經驗。相對於生活經驗而言，這些經驗才是一個人的格局和創造力，真誠、善和悲憫之心形成的關鍵。人若懂得偶然性和必然性就是我們人生的二元論，人必懂得去偽存真。

✻

　　細緻的讀者一定是在智識上可以貫通的實力派。經典也一定是在人的核心問題上具有正見的柳葉刀。

✻

破碎、不堪、掙扎和自始至終的赤裸。這不是全部的人生，卻是我們不能擺脫的重要部分。

✱

任何路都怕出現岔道，歧途亦如是。自始至終的「歧途」也許就是正途。只有分岔是擲骰子運動，會滿盤皆輸。

✱

無知無識是最大的恐怖主義。

✱

人們總是急於發現一個人的寫作風格，那些過於明顯的邏輯關係。而，像我這樣的寫作者只會在靈魂的自我路徑中尋找一條隱匿之途。這與技術無關，是由個人心性決定的。

✱

以我妄思，盥洗室才是「第一哲學」，與亞里斯多德以邏輯為基礎的「第一哲學」正好相反，所有問題都消失了，僅有一個問題刻不容緩，那就是潔淨。當 1000 瓦白織燈倒懸於 5 平方之內布有鏡面的密室時，所有東西都白得透明，毫髮畢現，它們的存在無需思考，唯一需要思考的是對透明的障礙。

✽

　　一個人在精神世界裡走多遠,如果 TA 不顯露他者是看不出來的,當 TA 遠行到一定程度,即便顯露仍有一大部分人是看不出來的。排除可證明的知識,由自設密碼的智慧產生的思想是需要金鑰才可窺見。而擁有金鑰是一個很高的階梯。所以自帶密碼的人永遠不會是此刻的人,即便走向遠古也已通達未來。先例亦不勝枚舉。

✽

　　最緊要的東西一定是性命攸關的東西,其餘都應該教給剔骨刀。藝術人生無不如此。

✽

　　真正應該警惕的是那些對相去甚遠的人與事物均等的讚譽。

✽

　　無論在何處我都樂於成為新人,只有新才有最好的真誠,才能在最低處擁有最乾淨的眼睛。披頭散髮,無所羈絆。

✽

　　唯一可與之赴湯蹈火的是制度性公平,此為社會性至善。除

此對弱者和低層的援助不過是以另一種方式體現優越性，毫無善可言。仁人志士該為的也不過此一樁。唯一可維護的是他人的尊嚴，並有尊嚴地活著，這是生活中個人的至善。此外，生活中的犬儒主義者比社會中的犬儒主義者更加隱蔽，基數更為龐大。其外衣更是五花八門，當然更多時候他們天衣無縫合體。永遠都是這樣：絕處逢生。在中間地帶的，永遠都是暗無天日，得過且過。

✳

　　哲學的關照極其有限，從統計學上來說 80% 的人無法得到哲學的啟明，這當然是由思想決定的。正因此，宗教成為普渡之良方，而宗教的蒙蔽性恰恰又讓無思者更無視，心鼻口耳都不暢通，這裡面就容易誕生黑洞。沒有信仰很可怕，但，最可怕的是無一樣可忠之事、物。忠實，才是最基本的立場。

✳

　　安置肉體容易，安置靈魂則很難。俗世中人，不過酒囊飯袋，為衣食為蝸居為名利，其紛紛擾擾倒也可以用盡一生，甚至長達百年。而形而上學，透徹如尼采般也到了崩潰邊緣，當然尼采仍不是蘇格拉底，蘇格拉底到底還是為酒囊飯袋所不容。相對於靈魂的求善之路，死亡有時是一艘船⋯⋯

✳

　　人在生活中自設孤島可能是因為過於貧瘠或過於驕傲，人在

藝術中自建孤島一定是因為自喜自足。這兩座孤島都是極致,都是在靈魂的反覆地震中得以保存。

＊

一個人的文字裡有一百樣好,但有怨氣,仍是不好。所有命運都是自設,要認清這點才能與命運協商。

＊

唯有藝術可以讓孤獨脆弱的個體面對虛無浩渺世界而不畏懼。

＊

看見那幅攝影,在我還來不及對焦就消失了。這多像我們的人生,是無數個錯失瞬間的集合。

＊

即便通過神的眼睛,我們也很難不在個人經驗和情感上個人化地描繪世界。正因如此,我們才能從存在的泥淖中挖出一小串死而復生的花朵,以供生命之間息息相吹。

＊

若往低處看,一切不過是在井水裡點燈。若往高處看,垂顧

的雲梯也像一趟專列。世事藝術大抵如此。

✸

　　除了 logic，人閱讀任何書籍，欣賞任何藝術作品，聆聽任何音樂，首要獲取的不是知識，而是審美，具體來說，情感的煥發和精神的靈視要高於知識的積累，我一直將此當作我面對文學藝術的首要標準。而，一旦精神的靈視與 logic 融匯，那就是無可置疑的優秀作品，因為最終人要解決的不是知識，而是存在的迷霧和你在這個時空處於什麼位置，是本體論的世界中人之何為。大多數書籍都可以閱後即焚，大多數讀書人也只是讀到知識為止，因為精神的靈視並不通過閱讀得來的，而是通過閱讀，你獲得了此種煥發，它是旗鼓相當的呼與吸，是遙遠靈魂與你在某個時空節點上的知音邂逅，是你曾活過那個在場，而今複刻了兩種耦合。

詩

第二輯

01.

　　一個人是一座島嶼,一首詩亦是一座島嶼。這不是孤立隔絕,恰是豐沛自足。一首詩在等待那些登臨島嶼的人的同時,有自己完整的線路圖,既是封閉的亦是敞開的。沒有一定封閉性的詩歌,就像一座沒有哨崗的島嶼,有自身無法完善的荒蕪。有時,這荒蕪等同於濫情和獻媚。
　　一座島嶼到底要敞開什麼呢?密林、分岔的小徑、塔樓和形態不一的石階,它們指引著探尋者,但依然還是迷宮。

02.

　　我言說之處,恰是語言逃逸後的空茫。

03.

　　荒野中,有一個入口。一旦我深入,陡峭的階梯就出來了。荒野即刻立體了起來。並擁有無限可能。
　　埃舍爾在平面上構築他的迷宮時,用了類似的手法。這是詩歌的手法。其中,驚奇有著最樸素的外觀,和日常的蛛絲馬跡。但,一切都是對日常的僭越。

04.

　　島嶼的孤獨,恰是島嶼的清醒——
　　我與這個世界所保持的距離。

05.

不要讓我解釋詩何為。

在菜市場的魚腥味和路易十六的盛宴之間,它是一支熄滅繁華的蠟燭。

06.

我不相信所謂靈感。如果詩歌的神性是由閃電所致,我們將因有太多晴天而不知所終。也將因大雪紛飛而死無葬身之地。詩歌的神祕,唯有心靈的忠誠度可以揣測。

我能做的,無非赤誠相見。

07.

瑪格麗特在半空中懸了一塊巨石,在白雲繚繞之處,巨石似乎克服了自身重量,並具有飛翔的能力。在半空中,巨石被改變了物性,而進入哲學範疇之中。它帶給我的震驚正是一首詩的起源。

實際上,我會時刻記住,巨石隨時會砸下來,進入某個嚴重時刻。一切都將粉碎。

瑪格麗特的巨石在米蘭・昆德拉那裡有另外一種表述:不能承受的生命之輕。我的意思是,我不相信語言所解決的問題便是詩歌的問題。對語言的過渡迷信,給詩歌所帶來的傷害,恰是那塊懸在半空中的巨石所帶給思想的脅迫。

我在詩歌中凝望著瑪格麗特的巨石,只是因為,我癡迷於懸而未決的危險時分。

08.

　　普魯斯特的跌宕長篇《追尋逝去的時光》告訴我們：寫作就是一場追憶。寫作的長度等同於記憶的長度。當然，你必須明白「記憶的未來性」。在小說家那裡，死者從未死去，並一直活在生者中間。死者參與生者的生活，和為此而進行的鬥爭，是小說家的樂趣所在。而在詩人那裡，生活只有兩端是可靠的，那就是誕生和死亡。

　　屈原的死亡不止一次，你也可以這麼理解：他誕生在他死後的汨羅江的每一次潮汐，經過我們的流水和洪峰之中。而保羅・策蘭飛身投入塞納河的剎那，保羅・策蘭就在那一刻有了清晰的形象。

　　詩歌最終需要和哲學成為伴侶，這是由生命的短暫性決定的。

09.

　　菜市場裡，當一個容貌嬌美的女人，掄起屠刀砍下一塊肋骨時，我恍然大悟——

　　屠刀就是劈開語言的利斧。

　　她舉起屠刀，一點也不像個屠夫，但，她所行無非屠夫之為。我無法叫她屠夫，也找不出另外的命名，這種無法命名的時刻，彷彿對詩歌的追蹤的迷失。

　　語言的窘境，總是出現在生活飛流直下的深潭。

10.

　　落葉貼身泥土時，它是無形無性的。

　　我想到落葉，就想到詩。所有的枝椏都是過去，春風是過去，花團錦簇亦是過去，落葉赤身來去，泥土接納著它的乾淨。詩歌需要的正是這種乾淨，生命旨在修枝時節。

11.

　　自鳴鐘響起，島嶼開始浮出洋面。

　　急迫的生命總是在完成自我的完整性中，丟掉了歸鄉的航線。請記住，一個望鄉者對海洋的深情，請記住，鄉愁稠密之處，才是詩歌的安身之所。

　　盲詩人荷馬走後，奧德修斯就已經附體於我們的靈魂之中。

　　他說：歸鄉。他說：漂泊。

12.

　　根本不存在這樣一把鑰匙，用以進入島嶼的祕密心臟。

　　在通向天空的斜坡和被喚醒的洪峰之間，一把鑰匙有什麼用。

13.

　　雨中，孤雁的幾聲悲鳴，是一首詩最重要的部分。

14.

鐘擺來來回回,從未有過走神和偏移,由此,它令生命畏懼。

詩歌如果不是為了克服這畏懼,就是為了打破這鐵律,贏回一個走神的瞬間。

15.

總有一把屠刀在那。

在炊煙的頂端和謝幕的舞臺上,它如雁過,寒霜降,聲聲慢。

16.

小林一茶寫下:「露水的世／雖然是露水的世」。接著他寫下:「然而,然而。」我將這兩個「然而」看作是詠歎調,它讓我想起《薇羅尼卡的雙重生命》中,波蘭的薇羅尼卡在舞臺上唱出終結生命的高音時,被法國的薇羅尼卡緊緊拉在手中的絲線。

這根短暫的絲線,緊緊繃著,一個人的愛,和一個人的死亡。

「然而,然而。」多輕的唶歎!這足以讓生命扶搖雲天,肝腸寸斷。你在詩歌中找到的,不會比這「然而」更多。

17.

小說家李洱說:「寫作就是拿自己開刀,殺死自己,讓別人來守靈。」這話很強悍。這強悍多麼自我,又是多麼忘我!詩歌正是在自我與忘我之間,將生命持久地丟給溪水。

18.

　　如今,閣樓遍野,再也沒有一間閣樓像艾米莉・狄金森的那樣,可以安放一個人一生不被驚擾的孤獨。我是說,孤獨深處,才有名為「詩歌」的蓮花盛開。

　　請記住,一個孤獨者對生命所保持的謙卑,是神性所在。

19.

　　我想起父親時,他總是在山中小徑上,身後,跟著一頭倔強的老黃牛。

　　實際上,我的記憶裡有一幅「牧牛圖頌」,文殊菩薩的身後,也跟著一頭倔強的老牛。他們重疊了,兩個老翁,和兩老牛頭。

　　這重疊的禪意,讓我豁然開朗。悲喜都化解了。

　　九死一生的父親,在暮年的山中小徑上,應該頓悟了。捨與不捨,他都放下了。

　　我一直在這條小徑上,當天光穿透密林,悲喜都化解了。

20.

　　我拒絕在任何廣場喊出我的名字。

　　所有真摯的愛都生長在峽谷。是的,詩,就是在峽谷中起舞的那個清影。

21.

　　破碎的杯盤,從晚宴上出走之後,玩了一場名為「詩歌」的魔術。
　　你們再也看不見那些銳角,或鈍角,那致使它們碎裂的刀,和方天畫戟。相互回望的碎片,在刀光劍影中,已遁入空門。

22.

　　對於人生來說,傳奇誕生的那一刻,是死亡。

23.

　　清晨,僻靜巷口垂下的白色絲幔懾住了我的心。
　　純淨剎那間從塵土中逃了出來。為這出逃,我將剛磨好的尖刀緊緊抱在胸前。

24.

　　初冬,坐在公車站,向路人發放訴狀的80歲老婦人,丟掉了老花鏡和拐杖。
　　誰能提供呈堂證供,旁證這一無所依的一生?
　　我將她的訴狀帶回案頭,它壓垮了我的全部詩章。

25.

　　藥物和鳥鳴——
一盤殘棋上對峙的兩輛戰車。

26.

　　這台被線團困住的縫紉機,對撕碎的流水,束手無策。一首詩,正從糾纏的細線上找到了語言的漏洞。

27.

　　在夏目漱石的小說《門》中,宗助推門而見的懸崖,彷彿一直就在我住所的窗前。在小說《門》中,懸崖在宗助的生活中就像一道風景。而在我這裡,懸崖巋然不動,卻時刻參與我的生活。
　　樹葉青了,又黃了,崖壁垂下幾根消瘦的枝條,又被霜雪裹肥,它們所構成的懸崖的詩學,正是我在寒秋,為生活所尋找的唯一出路。

28.

　　在我體內修築一座禪堂,木魚聲聲,正是詩的本體。

29. 勒內·夏爾

　　請在你的島上設置哨崗,請守住航線。在抵達和迷失之

間,不再選擇。

30. 是它

　　那一地的落葉、毒汁、殘骸和彈孔都不能說明它帶給我的顫慄。一隻在風中用爪子將岩石抓得叮噹作響的烏鶇。

31. 心電圖

　　轟隆的重擊,減弱的餘響,這就是寺院,是暮鼓晨鐘,亦是無常之常。聽診器、掃描器、診斷報告只是那只受屈的木魚。敲多少遍,也修不來來生,只是今世的一幅清景。福祉無非如此:不悲不喜,堪破放下。

32. 鐵象灣

　　所有的幸與不幸都來自同一條路。貓頭鷹從未離開過屋後的枝頭,而樹下的深井急於向振動的翅膀告別,逕自奔向無限幽暗的結局。我總是掃出一堆又一堆的瓦礫,為唯一的一株苦楝樹修枝,在一個接一個的暮晚清點井底蟾蜍的屍體。我坐在那把祖傳的太師椅上,在一個赤腳醫生的指導下,吞下苦藥,注射嗎啡,昏迷終日。終於留下再也治癒不了的頑痼。從此,黑夜在鐮刀之後,疾風在鐘擺之後,越長越猛。

33. 春天

　　春風吹，萬物複黯然。該生長的不再生長，該怒放的已然凋謝。春風，已無力再喚醒誰，只是時鐘的長針短針，在一個棋局裡毫無懸疑的潰敗。它無法為屋簷下垂暮的常春藤重創一個世紀，亦不能為玻璃缸中的小魚兒替換殘存之身，布穀鳥奔相走告，林子越來越空，香樟芳香盡散，而枯枝尚未度過其靜默的一生。

　　春風從牆頭翻身而下，擦亮我迷世的雙眼。

34. 清明

　　必須回到彼岸，回到籬草碧連天處，才能正視復活。

　　母親說：父親墓旁的松柏沒了。我回答母親，它還會回來的。實際上，我想說，它已不是松柏本身，也許它正以一株紫丁香的姿容面見我們。就像，昨夜夢中，父親涉身而過的那面湖水，交出了我一生的時光。

35. 鳥鳴

　　整個白晝，我偶爾抬頭附耳，只因窗外的鳥鳴。那令我愉悅的幾聲鳥語，彷彿我思忖了無數晝夜也難以言盡的住在蝴蝶體內的淚滴。它們隱身於桂枝，暢飲芭蕉身上的露珠，拔出最毒的滄形草，向思想所在之處灑下毒汁，將我從邏輯和孤立中解救出來，並解開溪流身上的死結。

　　鳥鳴棲息在對岸，只想渡我過河。

36. 帕斯卡・基尼亞爾

那是一條圍牆森嚴的園中小徑。盲詩人荷馬丟下一枚刻字的石頭；朗斯洛騎士為他祕密的情人棄下鎧甲；提比略國王通過它逃離自己的王國和朝政；馬西翁神父沿著根莖和泥土之間的縫隙尋找一面鏡子，盧克萊修稱之為空無，笛卡爾乾脆將之叫做咒語。一隻蝴蝶在枝頭喊叫：「誰是闖入者？」無數魅影在花瓣上醒來。在一個遊蕩者那裡，想像和現實失去了彼此的要塞，時間在否認生命的恆定性中早已失去了它的合法身分。

在山茶花掩映的小徑上，誰有能力窺破蝴蝶對人類的挑釁和戰爭？

人類的不朽神話就是死亡，那純淨的最高級的密。

37. 桃花

蹲在便利店門口的桃花掛著一個銘牌：「我在退潮留下的不長的路上匆匆地走著。」

注釋：引自帕斯卡・基尼亞爾《遊蕩的影子》第五十章

38. 峽谷

在一部沒有被寫出的名為《失蹤者》的小說中，我安排了太多神祕事件於峽谷中。每想到此處，我便想起那個擁有超能力的魔術師梅林（Merlin）和他的同道——總能給予他能量的被鎖於深淵的巨龍。一種失控的狂熱吞食了我的全部季節。

我無法阻止峽谷對我的入侵。

39. 鏡子及其畫像

重要的是那被丟失的部分。

陰影、逆光、使用不當的色彩以及眼眶中的一滴淚，在每一次轉身後，都被低估。

我在鏡中看到的僅僅是幻影。一個不可見的幻影，比一個可見的幻影更難被毀滅的幻影，存在於鏡子之外的世界，那是唯一真實的世界。

40. 長途車

你不知道你在哪，過去，現在，未來，你總在別處。

41. 自鳴鐘

它舉著左右兩柄利劍，一柄刺進過去，一柄刺向未來。那上上下下的樓梯上的身子，有一雙失聰的長耳朵。

42. 香樟

幾千年了，還是同一個死法。眾人旁觀被極權的閃電點燃的枝葉，燃燒了整個夏季。幾千年了，灰燼只需一日便可掃淨。在父親的墓畔，埋葬香樟的野草，正在貪婪地打聽我與灰燼的交談。

43. 驛站

　　我抵達月臺的這一刻，整個秋天的雨水已製成了飲品。我的行旅箱中裝滿暮年的鐘聲，母親休憩在秒針上，我在分針上奔跑。愛和絕望，像鐵軌和枕木之間的鉚釘，咬合得越來越緊。我只有一個目的地，就像時間從不為生命的長度支付額外的報價。在這座名叫「過境」的驛站，沒有一杯酒，可以讓我夢死醉生。

44. 松茲縣

　　距我體內的香樟1300年，距父親的墓畔70華里。我必須感謝名為「夜泊」的茶館，幾個贈我茶水的人。我飲下他們的甘醇和濃烈，飲下最漫長的鐘聲和鎖住寒冷的餘音。街道上那麼多來往的船隻，那麼多停止工作的吸塵器，像一把古老的木梳，斜插在萬骨枯的額角上。

45. 讀者

　　有人尋找蜥蜴、蝙蝠和蛇，更多的人尋找井底蟾蜍、紅嘴鸚鵡和圈養的山羊。從根本上看，這好比代價。在他們無法擁有的形象裡面，引入自身的影子。

46.

　　詩歌是也必須是一門密學。對於像我這樣懷有精神潔癖症的人來說，評定一首詩的好壞就是由其守密程度而定的（包括節

奏、氣息和語言）。

47.

詩歌理應設置「障礙」和「門檻」以讓人類精神最不可說的部分以介於神、巫之間的狀態，刻在被風雨澆灌的沉積岩上。

48.

守密程度高的詩歌是個人精神對人類精神圖景所作出的打開宇宙幽玄之門的少數人才可為的貢獻。

49.

守密的詩學應該在那些從未有經驗可資分享的危險的邊界上留下橫七豎八的足跡。

50.

每一位好詩人都是詩歌發展歷程中的一個樣本，都是為了自己失而復得的靈魂而寫作，為了命中註定的知音讀者而寫得更好。

51.

從寫作的層面來說，每個人都是一座孤島。有益於寫作的因素，可能就是對孤獨構成威脅的因素。

52.

　　我寫詩的時刻都是重要時刻,這並不是說我寫下來的都是重要的詩。在我這裡,詩歌是對生活一次又一次的赦免,在人生的履歷上,它只承認靈魂的合法性,在靈魂的履歷上,它像一隻獨角獸顧自維護著一個被海水淹沒的鏡面。它們可能不重嗎?它們的拯救行動又是何等隱秘。

53.

　　可以通過一首詩認識一個人,也可以通過人認識其詩。我的意思是說,在詩歌裡,隱身術是不存在的。節奏氣息語言,這些其實根本不是技術,而是一個人無法擺脫的心性。我更想說的是,一個好詩人是天生的,一個壞詩人也是天生的。所以,藝術其實就是命運。努力不努力,關係甚微。

54.

　　敏感度是否衰退是評價一個詩人好壞的關鍵路徑。這既包括他/她寫下的,也包括他/她對一首爛詩的討好,或者對一首好詩的視而不見。換句話說,一個詩人的敏感度等同於作為一個詩人的獨立精神。在作品裡,人情是可怕的毀滅。在人情裡,不要白白葬送作品。

55.

　　集體討好一首爛詩，或集體對一首好詩視而不見，這種事時有發生。這就是說，永遠也不要信賴「集體」，永遠要有一條自我攀爬的隱匿之途，一定要鍛鍊自己的眼睛和耳朵，另外就是，孤獨有時就是神恩。

56.

　　若詩只剩下巧匠之為，只剩下嫻熟和流水線上的語言，這詩要它做什麼？詩需要路過針尖吧？需要讓靈魂感到難度吧？需要在爬樓梯運動中手握尺子吧？需要更笨拙地靠近泉水吧？如若不然，還不如費勁做一隻凳子或者費時織一張網（反正人生不是為了一隻凳子的舒適性就是為了與一張網進行戰爭）。

57.

　　寫作的最好狀態是沒有他者，沒有閱讀的魅影，沒有一個「導師」，更沒有讀者。只有在無援無任何期待的情況下，靈魂的回聲才能損耗最小，才能真正做到赤忱以待。另一方面，技術仍然在於百煉成精。

58.

　　真正應該警惕的是那些對相去甚遠的人與事物均等的讚譽。

59.

生活中的詩需要一張漏魚之網。

60.

黃昏時聽到雲雀在叫：要走獨木橋。

61.

草地上野花高聳，高牆上枯藤倒懸。我一直以為這是生命的兩條邊界。這兩條邊界之內外，皆為俗世。

62.

無論從哪個角度來看，藝術都是一種提純機制。「純」（群）與「不純」（不群）完全由眼界和審美所決定。而所謂個人風格，則是對「純」與不群的宗教活動。

63.

沒有難度的生活和有難度的詩。除此，還有什麼是值得過的？

64.

好的寫作都有光，正好照在生活荊棘叢生的陰影之上。

65.

真正的詩來自有風經過的內室，來自對諸種藥物的抗性，來自對神過於逼真的模仿時露出的一雙大腳。

66.

孤獨和被懂得，是才華者的兩種養分，兩條平行線，兩個互為敵意的情人。它們同時喚醒出眾的藝術。而孤獨和被懂得，都需要鑽石般的品質和持久的耐心。

67.

一首詩中通識意象不難，難的是帶有密碼的意象。一個詩人寫到一定程度理應有密碼意象出現，且會產生一個密碼意象譜系，這可能是造成詩歌晦澀的主要原因。成熟詩人肯定是已經建立自己密碼意象譜系的詩人，這也是詩歌的門檻所在。而要理解這個密碼意象譜系，絕對要理解詩人內在的精神結構，其精神成長史是唯一參考標準。

68.

從修改的角度看，每一首詩都可以重新寫一遍。技術、語言、意象不難，難的是對靈魂在不斷漂移中所極目遠景的攝影。

69.

詩或是靈魂迷宮裡隱秘的隨從，或是濃霧籠罩的鏡面上恪盡職守的國王，技術梳理和方法論有時恰是對詩的遮蔽，語言所服從的是巴別塔精神，而更多新意恰是來自對於共識的盲從。真正的詩人都是天生的，外界給養通常來路隱秘。我們若做事後追蹤，可能只是在迷宮裡新闢一條路徑，也許與其行走的路徑交叉，也許根本就是平行宇宙。

70. 蘋果

如果沒有一把刀，如果沒有從刀鋒上經過的冰鎮的甘甜，我將難以證實，這無法被證實的人生。

一把刀在生活中的自立行走，是生命統治虛無的僭政。

71. 記憶

夜歸途中，我踩著滿地落葉，卻怎麼也想不起它們的名字。

我與它們交識甚深，幾乎沒有距離。而我短暫的遺忘症卻將這親近的生死置之度外。

我踩著滿地落葉，鐵柵欄、橫道線、臺階、焦石、塵土⋯⋯都不見了。

在落葉的另一邊，輪迴是唯一的記憶，唯一的邊境。

72. 郊外

　　早已不存在地理意義上的郊區,而心靈的郊區則有著最原始的風貌。

　　我一直在高速公路上,即便我以時速500公里的速度(這是一支最先進的來福槍的速度),持久賓士,我依然無法抵達心靈的荒郊。

　　我還是得說,我們這個時代,最致命的,是心靈的問題。

73. 黑鳥

　　大霧從黑鳥的兩翼開始上升。而從盛宴上四散的人們卻已完全丟失了自己的燈盞。

　　黑鳥總在最高的枝頭,它凝視著漫長的夜晚,看人們在黑夜中如何消逝,風如何蝕去銘文。在繁華的街區,一個人如何在房間裡點亮蠟燭,看牆壁上,那慢慢縮短的剪影。

74. 折枝

　　兩橋之間,烏篷船有過幾次昏迷。

　　扮白娘子的老太婆還有一條水蛇腰,蛻了多年的皮在船頭,在唯一的一支槳上,在河面上起風波。戲服是灰色的,從水中撈上來的鑼鼓有鹽的結晶體,她有一雙折枝的盲眼。

　　已沒有靠岸的可能——

　　一齣戲被雨水嚼碎。而船隻,在改轍的航道上,開裂聲紛揚不息。

75. 玫瑰

為了留住風中花瓣，我停止了腳步。

我退回至湖底，看它在湖面上不斷變幻的身子，看月色一次次照亮它的前額，看它開花的心陡然收起了笑臉。

我偶爾在湖底舉起一面鏡子，映出怒放的過往，也有凋謝的時刻。

不論它是否還在那座僻靜的院子裡，我回去時，它一定和蝴蝶對飲。足夠了！

76. 拐角

作為一個島主，我虛構了我的身分。

我將石頭和鐵都抱在胸前，背對著母親。我將母親留在拐角，像一名劍客一樣抽身而去。

我向母親描述了船、節拍器、孤獨的幾種寫法、和一張沒有時間節點的船票。她一言不發，將一柄祖傳銅錘塞進我的口袋，這是全部重物附身於我的頂峰，而母親的白髮正不斷地飛進我的頭顱。

「那些灰燼，那些群山背後的紙鳶就在我歇腳的旅店裡……」而我的旅程，潰敗之詩呵！不被寫出就已墜入塵世的某處。

思與詩

第三輯

同夢錄

01. 藝術家鶇鶘

　　所謂虛度，大抵是時日被過度使用後的無章可循。我若在深夜醒來，我便不應再虛擲於睡眠，理應產生另一種可觀照此刻的特殊時間體系。看，這全然是思想的野心。也許這樣的時分讀詩最是恰當？如今，最最缺少的恐怕就是恰當，滿目的不合時宜造就了已然粗鄙之日常。哎，思想，實在是一隻猛獸。

　　從實用主義的角度出發，思想只是一塊石頭而已，扔到沙裡，它就無聲了，扔進水裡，漣漪陣陣。到底會生怎樣的漣漪呢？江河湖海各不相同，我最多只可將之扔進池塘，池水的限度大概會生成我所需要的作用力？那漣漪也有了游絲般的密度，纖毫入微。原本體系是不重要的，深度才動人心魄。寫作不過收集它們成序。

　　時代和材料決定了寫作再無祕密可言。再也不存在一隻艾米莉・狄金森的抽屜。這是頹然而至的技術的瓦解，但也讓更多的閣樓能夠天窗眺望。看，絕對的破壞誕生絕對的秩序。不予時代理會的人，只會對天窗赤誠以待。所以，閣樓異數多有與星辰對應的坐標系。這大概是我念念不忘艾米莉的閣樓的因由。

　　鶇鶘已在枝頭撥動了第一根琴弦。積雪仍不改其清麗。等它進入交響曲，我大概就可入夢。鶇鶘每每帶至我的神怡安寧都會讓我想起喬伊絲所說：「正當的藝術應該導致心靈的靜止。美感

情緒是靜止的，它抓住人的心靈。」枝頭上的鷓鴣真像艾米莉・狄金森呢。天生一個藝術家。

世間遍佈擴音器與竊聽器俱足的傳話者。我與鷓鴣之間不需要傳話者，它的小音節獨奏四季分明，它偶爾在琴弦上置入的一小段重金屬顫音，無非重述雨雪之凜厲。其調性仍是悠緩沉靜。一個出其不意的高音，一支讓日月同夢的詠歎，然後，都是沉思性的柔板，在林中路上一路翻躍，多像晚年的荷爾德林。

如今，很難造就出色的續篇。我對普魯斯特之敬仰全在他對一小塊瑪德萊娜蛋糕綿延不絕的回味上。那一點甜味在他那所形成的壯闊波瀾空前絕後。病榻上的甜味，何其幸運！那口氣則是在通往天空的斜坡上一路向上，直至雲霞深處。這是不論何種境地對生命秉持的讚譽。

餐中，見丁香紅豆寂然而立，盤中物便多出些份量，到腸胃，更沉些。完畢，內室踱步又滋生出一些回流物，湧上心頭。翻書，見動人對話一段：「亞當出樂園，上帝說：『可憐的孩子，你到地上去，有高山大海，怕不怕？』亞當說：『不怕。』上帝說：『有毒蛇猛獸。』亞當說：『不怕。』上帝說：『那就去吧。』亞當說：『我怕。』上帝奇怪道：『你怕什麼呢？』亞當說：『我怕寂寞。』上帝低頭想了想，把藝術給了亞當。」看完此段不禁欣然。如此幽默睿智的對話也只有木心可以擬得出，其中讓人難以察覺的驕傲和從容真是別具慧心。藝術不可替代日常，但一定是日常之依靠。

02. 特呂弗對法巴夫喊道：跑得再快點

每一個孩子身上都有許多個大人的塵垢。孩子以他們的自性

映襯著大人的無知。我對畢卡索那句無可匹敵的話亦作此解，他說：他 14 歲時就畫得和拉斐爾一樣好，極盡一生不過在向兒童學習如何作畫。我的觀點是，人一輩子隻為回到孩童時代，是一種回溯式的洗滌和學習，這在伊朗導演阿巴斯處可見一斑。

作為阿巴斯的學生，法巴夫鏡頭中的孩子更有勝於大人的沉靜和隱忍。在面對相同的傷痛時，孩子有一套獨特的處理機制，完全異於大人自衛式的聒噪。影片《歎息》中的少年阿夏有著天然的沉浸，一切心知肚明，一切納於緘默。唯有分散於荒野中無遮蔽的孤立的樹，才能見證在他身上發生了什麼。

相較於新浪潮領軍人物特呂弗的半自傳影片《四百擊》中的安東尼，法巴夫的阿夏更孤立於成人世界之外。不似特呂弗叛逆、自立、有抵禦力，法巴夫將所有憐愛、壓抑、無以援手的虛弱給了孩子，同時也將悲憫的佛性給了孩子。我只好說，所有經歷過成人統攝的孩子，都像以一己之力渡江的達摩。特呂弗逃出成人世界的種種秩序之後，他的生長幾乎就像一株不畏風雨不受遮蔽的胡楊樹，完成強悍的自我生態系統的建構。沒有他就沒有新浪潮的廣泛影響力。這是一個不能被馴化、被擊倒的具有完善自性的孩子。

法巴夫的阿夏更像一個憂鬱王子。是的，如果要問是什麼造就了悲天憫人的情懷，我一定要說是憂鬱。如果沒有那個叫喬達摩・悉達多的憂鬱王子，就不會有後來的釋迦牟尼。正是因為對世事的敏銳體認和感知，才能對一切苦難視同己出。僅就這點，早已被塵垢蒙住雙眼的成人是木訥而冷漠的，聾、啞、盲俱足。在孩子與大人的溝通上，法巴夫處理得更為極端。漫長的行程，引路者：兩個聾啞人。跟在後面的孩子偏偏能力出眾，能讀唇語。兩個聾啞人的一路爭吵就像一出默劇，而後面的孩子只能成

為無法逃遁的唯一觀眾，偏偏他是此劇的主角，他們安排他的命運，那些經不起推敲的愚蠢的成見就像一劑毒藥。

03. 鏡子木心

　　書籍是寂室藥引。配不同藥方，治不同的病。音樂則不然。要遇上蕭邦，就只能看見針尖密密匝匝了，那麼細，排山倒海。遇上貝多芬，時刻都要防止爐子上的水從水壺裡沖出來。巴哈呢，他是如何走出高山密林一身神清氣爽且不為人知？對此，我始終摸不著頭腦。莫札特極像一個抽雪茄喝下午茶看風景的紳士。我為勃拉姆斯寫過幾首詩，不及他為其情人克拉拉所作《雨中曲》十分之一。此曲在克拉拉的葬禮上令成千上萬人為之動容。藝術確是一場追憶。這是普魯斯特追尋逝去的時光其精義所在。魏爾倫說：「藝術不必清晰，不必理論，不必機智，而必須要有音樂。」我贊同他。我只對那些具有自身調性的書籍感興趣。我得說，真正的藝術就是修身，與時代、世相都無關。沒有一種藝術需要對集體生活負責。

　　喜歡在密室踱步的人，都有一面每日被擊碎一次重新拼貼一次的鏡子。需要修改薩特那句令人顫慄的話：鏡子即地獄。不過但丁在地獄中看見了天堂，鏡子裂痕大概就有天堂的路徑。實際上不存在一面完整無缺的鏡子。即便有應該在獵豹猛虎那裡，可惜它們不懂得什麼叫人性，為何要更深地擦拭鏡中灰塵。

　　貝多芬經過，蕭邦經過，莫札特經過，巴哈經過，他們都經過後鏡中人開始鏖戰。誰可以擬一份停戰協議呢？我抓住木心的衣角往回拽了拽，他身邊有爐火呵。可以促膝禦寒，方天畫戟和鎧甲都可放在一邊，盡可談談悲觀主義。「我以為就是『透

觀主義。」我知道這是一個從破碎的鏡子中出走的人說的話。「得不到快樂，很快樂，這就是悲觀主義。如此就有自知之明，知人之明，知物之名，知世之明。一切無可奈何，難過的，但是透徹。」我要與他近鄰，慕其傾心之論，仍是不會去拜訪他的。愛不可受廣場注目禮，廣場之愛是不值得珍藏的。同為悲觀主義者，何必要互通這要命的難過呢。除此，可至窗臺丟手絹，可在月黑風高夜玩殺人遊戲。

04. 異端卡佛

　　兩個好人在一起，可能過著最糟糕的生活。卡佛的小說幾乎就是這麼說的。多麼冷峻，現實如此。面對一個含著淚給你講故事的人，最恰當的回應只能是沉默。是啊，卡佛的故事中就有大段的沉默，你不知道那些不堪的生活是如何進展的，只有開始和結局，一些從不見來路的倉皇背影。所有不堪就像被一陣暴風雨洗去的經久年月殘留的窗花碎片，之後，空空蕩蕩。

　　斯巴達007蜘蛛俠綠巨人，他們都與生活無關，不過一些被熱氣球送上天的飄帶。生活中的硬漢就是那些赤腳走路的緘默者。他們在卡佛那裡總是獨自默默經歷荊棘和沼澤地，他們從不陳述荊棘和沼澤地，在孤燈遠影中就像一位勇士。如此，還是會敗給生活，多難啊！斯蒂文斯說：「河在動。黑鳥必定在飛。」

　　碰到說東家長西家短的，說養顏裝扮的，翻出生活背面淤泥縱橫的溝渠的，我都會胃痙攣，唯恐避之不及。卡佛的故事遠離這些，所以我視其為近鄰。相對於藝術，生活中的留白簡直就是空氣清新劑，可以延年益壽。中國當下的小說多數是嘰嘰喳喳的絮叨，一派污泥濁水。要命的是它竟然能「喜聞樂見」。

一種糟糕的藝術得以大行其道的原因只有一個：必有一個糟糕的時代。從概率上來說 99.9% 的人都是時代的產物。這話反過來說是這樣的，只有 0.1% 的人能夠克服自身的時代。所以，時代的異端通常不活在其所在的時代，這是偉大人物的宿命。而人最難做到的是：可以讓自我的異端光明磊落地說話。

　　認清自我身上的異己，克服自身的時代，在但丁那就是地獄、煉獄、天堂三章。真正的藝術都懂得「時代」的荒謬性，在這荒謬中呈現出一個被諸般限制而一直努力打破限度的人則是要義。是的，破壞性等同於創造力。這的確是一個悖論的世界：星辰沉潛在幽谷裡，惡棍名揚於天下。時代的紙盒子一捅即破。

05. 猛獸在說話

　　這一整天，我想有一種魔咒在產生作用。我能準確找到那個念咒語的人嗎？按照朱利安・巴恩斯的觀點，我的此種確認只可能陷入模稜兩可的深淵。在他眼裡歷史從來就是不可確認的。哦。這過去的一秒，就是歷史。你甚至難以確認，在上一秒裡，你的靈魂是否安全地躺在這個熟悉的軀體之中。我的意思是說，時間從來就不會為錯綜複雜的存在負責。看，那沙漏，一粒粒翻過去倒過來來就是生命的形狀。

　　前幾個小時，我在路上，踩著落葉，狠狠地對自己說：像落葉一樣完美地解決掉自己。在不可顯現的個人歷史上，這只能算作一場靈魂事件。之後，我經過正在裝修的房間，它白得像一座教堂。從另一個層面來說，我也可以說：它白得像一座墓室。我不知道這奇妙的邏輯是如何產生的？教堂和墓室，我選擇了靠近天堂的那個。而實際上，它更接近地獄——按照老但丁的觀點，

每一個遙望天堂的人,都出自地獄——看,主觀從來就具有自發的選擇機制,它輕易地避開那些可能疼痛的範圍,製造一些虛假的光明。

《感覺的終結》是一部很棒的小說。換一種說法,也是一部非常具有破壞力的小說。稍顯褒獎地說,它以一種茫然而無辜的神情驗證了《金剛經》裡的那句話:過去之心不可得,現在之心不可得,未來之心不可得。相對於證悟,生活要艱難得多。生活,幾乎都是由傷害組成。如何能避免呢?你無法在普遍的時間和個體的時間之間造一所無憂無慮的房子,專供不可琢磨的靈魂享用。巴恩斯講述故事的方式是機智的。歷史靠不住,記憶靠不住,生活更加靠不住。盲詩人荷馬的那個魔咒無人能夠解除:「告訴我,繆斯,那位聰穎敏睿的凡人的經歷,在攻破神聖的特洛伊城堡後,浪跡四方。」歷數非凡,只有漂泊是可靠的。

「一陣側風吹皺水面,我說不清這激起的漣漪究竟如何蕩漾。」

水龍頭與深夜食堂

01.

　　寫下半截詩，手就鬆開去淘寶了。在一盒松餅，一瓶櫻桃醬和一盒巧克力上兜兜轉轉。如果這是一份禮物，我應該送給那個笑口常開的人。就像一個甜品生產商，從不與苦澀協商。

02.

　　亂燉，是不是就可以蒙混過關？我只知道，當所有線頭都成落地雞毛時，視界之內的確茫茫一片。三兩飛鳥在霧中指點迷津，從清洗盥洗室開始吧。幾年塵垢，實為折腰利器。一隻雲雀在枝頭大喊：一個人的自我管理能力取決於其如何對待馬桶。我已對自我管理日生疑慮，但我對一隻潔淨的馬桶懷有深度敬意。好比康得說的心中的道德律。好比王爾德說的我們都在陰溝裡，但有人仰望星空。比起好胃口和美食，排泄物才是我們手中嚴苛的尺子。一隻馬桶是一個人的後患。

03.

　　一旦取用丟在牆角的另一個姓名，雲朵上的火焰就會燃燒起來。天色青灰時，和莫札特先生聊天，內室慢慢變得清朗。他

用黑白兩鍵，我用掏空的耳朵。有什麼比一隻掏空的耳朵更具可能性呢？看，那些正在爬樓梯的人，那些越來越彎曲的背，那滿滿當當的街上正往耳朵裡裝卸五顏六色燈火的人，耳朵裡的風暴啊，已經讓頭顱四分五裂。我無心談論耳朵的自主性，在靈魂深處，耳朵這把鑰匙時有效用，但更多的時候是一個死結。最迫切的飢餓感來自孤獨，因此，卡夫卡不惜一夜之間變成一隻甲蟲。可是，他的耳朵依舊留在人間，這是最不可拯救的荒涼。離不可清退的耳朵遠一點吧，我將大碗喝粥，不計其數。

04.

從一座城奔赴另一座城的途中，突然覺得所有城市都是一塊浮木。無非是大小之別。想到這時，竟然見到了高康大，彷彿浮木與浮木之間連結牢固，全在指頭之間任憑調撥，並非路途遙遙，而是食指和中指的假意疏遠。車輪滾滾，怎麼可能跑得過意念。我假設那是一塊浮木，好像我只要手指動動就可以和它行貼面禮。那些見不著就想要擁抱，見了清茶對坐的人，在食指和中指的一塊浮木上多好。清冷來襲，只要輕輕一撥，就可以圍爐對飲。想到此，我已翻山越嶺。

05.

人有各自迷信，正好就是各自局限。你的局限和我的局限碰到一起，就是蟲洞，是千億萬劫。face to face，皮毛之認。皮毛之下，十萬八千里。有沒有不局限的人生？我一直以為他們就是草木，是泉水。而要到達這裡，一生可能只是一個開始。

06.

　　暴雨一天一場,讓貝多芬莫札特蕭邦勃拉姆斯來救援,讓帕格尼尼來救援。如何讓韻律化作語言,化作詩?稀粥中仍有倒鉤,燈下白蟻如注。這些悶罐子,這些死胡同,這巨大的泡菜壇,都是量子力學。在說流逝,在說裂變和人鼠同源。白蟻從路燈飛至內室,只有帕格尼尼才是暴雨的仇敵。那個寫下海上鋼琴師的亞歷山德羅・巴里科也寫下笑死人。我用它追趕白蟻,脆薄的翅膀紛紛垂落。「你如何看待重複現象和現實之間的關係,確切地說如何看待我們面對經歷現實問題的能力或者無能……」暴雨還將如期而至,暴雨中的可怕之處和奇異之處到底是什麼?

07.

　　思想是根稻草,現實才銅牆鐵壁。在思想中建起 30 次高樓,30 次,高樓出塵,都瞬間坍塌。燉了很久的一鍋補品,爛熟,以至於不能成形於案頭。把現實在思想的兜裡翻得底朝天,無用啊。魅影會越來越多,有些成了妖精,有些金剛娿娜。現實反而越套越緊,緊箍咒啊,一不小心成了心魔。而,行動呢,會因思不足而成大患嗎?只有河水會奮不顧身,會立竿見影,會大唱奔騰。都說河水無情,而情隨事遷。奔流吧,把繩索都剪斷,將乘船的魚都放回去。

08. 一種詩論

　　叢林是吸引人的,就像交響樂對主導動機的欲擒故縱。

而，叢林的危險性和雜蕪也會像魅力全失的交響樂，讓主導動機陷入混沌之中。我們如何在叢林中獲得一條有光的林中路？串起沿途的花朵，也讓清流相伴左右。耐人尋味的不僅是路途清奇，有密陽，還有夢幻之門在恰當的位置上敞開。敞開，卻不迴避遮蔽，不將所有東西都擺上桌面，拋棄直白，不與顯現的一切靠得太近。這需要信心，更需要勇氣，需要堅定的除法運算能力。是的，叢林絕對不是後花園，更不是百草園。我們要設法拋棄那些誘惑的藤蔓，要杜絕對林陰如蓋的迷戀，要學習在枯枝上演奏的雲雀。一個單音就百囀千回。

09. 一種日常

　　人各有衰老之所。有些在斜坡上，有些在針孔裡，有些枯枝相依，有些浪濤裡白髮……更多在河堤上，隨河水一遍遍沖刷，禿頭自沙灘一躍而起。而，狐仙老之疾速，一定是在廚房裡。這煙薰火燎之所，是生活的彈藥庫，埋伏日常腐蝕性最強的毒藥。每一間廚房裡都住著一位懷抱衰老經的狐仙，一天就可用盡千年元氣。對此，大多數人都是木訥的，狐仙一旦元氣用盡，也會成為木訥一員。而廚房中的羊腿和砍刀，朝天椒和稀粥，漏勺和計時器，調味品和水龍頭……是經過剔骨法炮製的斷腸草。狐仙日日飲之，神仙之事煙消雲散，留下一個飯夫，一頭亂髮，鍋碗瓢盆雖五音不全，也是一陣熱鬧一陣。這是狐仙的喜聞，但並不那麼容易樂見。不忘修仙之事的狐仙是廚房中的黑夫人，介於妖魔之間，廚房則是人間最隱蔽的精神病院。靈魂的溫飽在菜刀之側來回遊蕩，腸胃的溫飽則成為一樁有待考證的黑幕事件。只有衰老是毋庸置疑的，遠比一鍋濃湯黏稠。沒有不向廚房窗外遠眺的

狐仙，而推窗所見，誰是虛情，誰又假意，一眼就能看空。遠不及燉一鍋稀粥，冷暖自助，濃稠自知。狐仙在廚房裡住久了，總會想到在征服整個歐洲的小個子拿破崙時代裡能將人世間所有人分門別類貼上標籤的孔武有力的巴爾扎克。「人間喜劇」中的雄心是修了真氣的，得一毫便可延緩廚房中的衰老。而刀叉和墨汁總有戰爭，杯盤和鎮痛劑亦不合作。我有昏睡的爐火，亦有陳年的檸檬。

10. 一種歎息

臉越來越黑
牆壁滾燙，更不可破
有人在寫詩
有人在隔壁──
聲嘶力竭地下棋
馬跑十裡就需要金銀鍍其姓名。而
馬從不會跑出百里
在沙發上打滾，貪婪地吃糖，喝羊肉羹
掏出人心一口吞下
這個時代的野馬啊
肥膩膩的壞腸子。
卒子們呢？
河水泥沙俱下
河水帶著他們
難道沒有理智和情感的兩岸？
黑臉沉溺在水中

來不及了
連壞掉的都來不及更壞
星辰也曾照見他們
也在潰堤聲裡嗚咽過幾回。而
時間不赦免任何人
將所有事物沉入河底。

11.

  盡喪其味的葡萄綴滿桌面,而冷卻下來的營養液已凝結。秋天摸黑就來了,虛乏的身子正走在回家的路上。記憶撩人嗎?轉眼就是前世,千億億萬個劫。飲不盡的涼水,可以沒頂的涼水,無邊無際的涼水。中年,冷是一種常態,應有的嚴酷。

鏡子絮語

01.

　　我一天中精力最集中的時刻，是擦洗盥洗室。我固執地認為這幾個平方乾淨了，世界就乾淨了。我也曾懷疑過是否患有強迫症或盥洗室擦拭癖之類的病症，但經過長期求證後，我發現這一切都與鏡子有關。

　　很多年前，我被塔科夫斯基帶入氤氳的河堤。迷宮和教堂在河流沿途彼此糾纏在一起，寒冷是溫泉上唯一流動的東西。一種令人窒息的肅穆分開了整塊鏡面。從那一刻開始，我知道世界將因不可琢磨而長滿失常的瘋草。當然，你不能因此判斷這與我熱衷擦洗盥洗室有什麼關係。這個因鏡子而生動的方寸之地，是釋夢者修復沙漏的禪堂。

02.

　　有時是脊骨要斷了，有時是心要裂開了。這些都是語言觸及不到的東西。只能慢慢等，等鐘擺從深海浮出水面，從鏡子裡召回巨鯨，向無邊無際打一個響鼻。

　　我隨時拖出海水，隨時升起島嶼，魚群中有我使用不完的替身。我知道，我有一面威脅光明的鏡子。

03.

　　晚風催促香樟打開盒蓋,往事之鑰抖落一地。秋氣驟降,地上的老人還未來得及準備寒衣。我站在他們的面影裡,被衰老緊擁其中。

　　我有一本香樟聖經。椋鳥先知和烏鶇先知分別撰寫了舊約和新約。而關於十字架和讚美詩,白頭翁總有自己的新釋義。在香樟林裡,這些精靈族將人類的全部生活都歸為現象界的一種鏡像。一種在複雜幻象中輪迴互生的變化的切面。有時,我必須依賴香樟活著,因為我需要一把鑰匙進入秘境,我與生活所達成的和解,皆因秘境中有一間完成自救的獨立的暗房。

　　我對輪迴充滿疑慮,皆因我懷有重大期待。走丟的人何時可以重逢?人間杳無消息。而人間遍佈關隘,我在每一個關隘上都做有標記,有時我也會走丟自己。那些致命的地方,總有懸而未決的複生。多麼慶倖!已經完成的相逢。有人轉身離去,如同流水消逝,離開花園。香樟諱莫如深,加固鑰匙上的齒輪。

　　有時,我想跳上白頭翁的枝頭。多麼短暫的花園,比憂愁更加紛亂的秋風。它們鑿空大地。誰不是過客?我又要從哪裡經過?我每日擦拭鏡子,用流水喚醒流水,用裂痕修補裂痕,在這扇陰晴不定的窗前,無盡的深淵中有無盡的路途。

04.

　　應該是幾顆螺絲在關節處出了問題,鏡子一觸即散。像陳年窗花,骨斷皮連。這危險,悄無聲息。四壁高聳,加固其不能被推翻的秩序。

修復是在語言上完成的行動，實際上，潰散不可修復。舊日子有一隻力拔千鈞的秤砣，在另一端，生活的新容器幾乎沒有重量。

我傾聽秋風中仍在抽枝的松針，它們一路迎向星空，我匍匐在它們腳邊學習生長，沒有比我更糟糕的學生。

05.

只有葆有枯枝之詣的人，才有資格問秋風。暮晚的街心花園充滿歧義，一顆樹下埋著七弦琴，另一顆樹上掛著架子鼓。我在梧桐樹林，和一片落葉會晤良久：鵝肝醬苦瓜湯，再合適不過的晚餐。

看看我肩上的包袱吧，看看那些從未修剪過尾巴的人。我忽視暮色的長跑，我自設和自毀的高欄早就喪失了意義。如今，我不得不獨自漫步。和螞蟻嬉戲，學習臺階抬高一寸之後的百無聊賴。哦，別去評估那些梯子，別給風神留下自取其辱的笑柄。

我在街頭隨手扔下我的詩句。將它們虛擲在一種寂靜裡，就像鳶尾花將一生虛擲在曠野裡。這過於肅穆的生長，無非為了召回一面鏡子，為了完成一幅不可效仿的畫像。

我知道，我轉個身，落葉就已進入下一個輪回。梧桐樹林不增不減。枝頭的，被夢統轄，地下的，統轄著夢。

06.

一隻假寐的狐狸，我有時這麼定義鏡子。在去往孤峰的路上，每一個拐角處都有一面鏡子，每面鏡子的背後都躺著一隻在極境中練習幻影術的狐狸。毫不諱言地說，生活之所以能夠讓人

忍受，皆因幻影術還未失傳。

我總是在鏡子裡練習蛻皮，練習越過刀鋒，練習用鰓呼吸。每一次，鏡子裡的坡壁長高九十米。我無法交代這極境之樂、這些從不停留於經驗的替身，在群鳥的密林定制時間的飛翔。越往上走，越寂靜。

真正的喜悅來自寂靜。真正的絕望來自寂靜。我想起坡壁上的一場靈異事件，一個死去很久的人突然端坐鏡前。「體驗一件美妙的事物意味著：有必要錯訛地體驗它。」

07.

禮拜天的湖面兼具獵戶星座的光芒和塔羅牌的迷局。一隻黑蝴蝶和一隻白鷺是湖面上的黑白兩位長老，它們在湖中對壘，喚出穿透群山的棱鏡，將甯寂佈置成一場宴席。

我在湖水中與青蛇照面，這在鐘擺上跳宮廷舞的湖夫人，是完美的鎖匠。不可讓詞語滋生困意，不可讓舌頭舔舐虛無，她腰上的繡花針閃閃發亮。

08.

那些火焰，如今都成為灰燼。
我正在播放的長鏡頭，被水草拖進礁石。
從不存在赦免其身的鏡子，從不存在消除溝壑的人生。

09.

　　劇院式的巴士，所有位置都是空的。我有四姊妹，作為同一輛巴士的乘客，我們有四座完全不同的月臺。這只是無數個夢的一個片斷，它像一面清洗一新的鏡子，橫蠻地照見一個患有懷鄉病的人那經不起推敲的現實。

　　語言是另一面鏡子。鏡子背後刻著各種有關孤獨的銘文。「命運把它的混亂與不確定性帶進我們對事物的判斷。」只要仔細回味一下老蒙田的話，我就知道，孤獨是羸弱的人生難以逾越的高牆。我總是在夢中說誰也聽不懂的語言。有時大喊大叫，有時喃喃低語，有時被「快來救我」驚醒。一輛空蕩蕩的巴士就這樣被擱置在危險地帶。

　　我想，我永遠也學不會像E・B・懷特那樣說話，那些被陽光照透了的夢即便侵入海水仍然香甜。按照老蒙田的說法，應該是命運的混亂和不確定性生成了我們說話的方式。看吶。有多少種命運，就有多少面鏡子。且看那些相互折射的光芒，從不迎合和屈從命運對我們的推斷與計算。

10.

　　開始是峽谷，後來是深山，而，此刻是一間禪房。一想到這些歸處，就真的已經抵達。我抵達這裡，這個我就不存在了，只剩下一個斑點，與白頭翁同棲一枝。該為這斑點一哭？到底是人，廣袤中微小的劃痕。該為這斑點一笑？人世諸種最後頃刻散盡。

　　在冷風中睡一覺如何？樹葉都落盡了，思想也應該冬眠。要不怎麼辦呢？伸手是空白，抬頭是空白。真的很冷，每一種事物

都走向各自的教堂,「一個緊挨語言的現實」。我在灰燼中睡了一夜。這有效的睡眠定義了一種叫枯枝的東西。這熟悉的氣味類同於布朗肖說:空洞的眼睛的空洞超越。

11.

從哪裡開始?白掌已躲進泥土,滴水觀音袒露一顆不問世事之心。它們一個在案頭,一個在窗下。為什麼要問開始?有一隻裝滿你的衣服的屬於我的櫃子,它在開始就完成了結局。

「還好嗎?」「好。」來自青魚的電話打斷了一壺水的沸點。好:我唯一使用沒有障礙的詞,唯一不會在我神經中樞產生作用力的詞。說出它,我可以輕鬆地進入屬於我的無人驚擾的櫃子。

我的坐姿從來沒有變換過。這期間,烏鶇來過,椋鳥來過,白頭翁來過,灰喜鵲也來過。此刻,只有落單的秋蟲,鳴叫一聲,黑雲加厚一層。等時間從我身邊經過,這一幅自我完全隱退的素描會開始設想,是否會有另外的道路?

12.

重新倒帶,還是選不出一個精彩的鏡頭。還好,我重播的是一段街景,而不是一生。而,這小半生,唯一精彩的章節被你帶走了。此刻,我不得不學會在沒有你的緩慢而昏暗的長鏡頭中成為我自己。時間從來就沒有這麼慢過。誰也不能解釋其中的混沌和虛空。

我還是沒有學會說再見。我的雙唇上有兩扇石門。難以啟齒啊,這些在心室中力拔千均的東西。只有靜默可以撬動它們,只

有海水可以阻止燒紅的烙鐵從心肺中沖出來。談什麼赤忱呢，不如談談寒衣。不如談談晚餐。感謝饋贈毛衫的人，感謝杯盤中都在綻放的鏡子。我的臺詞只需一句：親愛的，我幾乎看見了光。

我很想分清這些迴響，一一叫出它們的名字。嗨，捉摸不定的遁詞。嗨，從冷寂河水裡躍起的雨燕。看，這夜多麼想漫過一個人的頭頂。看，灰燼多麼想再一次捲土重來。請問鎧甲在哪裡？早已擦亮的三叉戟在哪裡？

13.

那個執意要看自己背影的人，整張臉都已埋進黑暗。為什麼會有一面從背影中跳出來的鏡子？那些難度不斷加強的轉身正在誕生新的劫難。看！眼前的一切已被洗劫一空。

為什麼會存在雲翳？這些水草啊，從不為流水所屬，它們可以探進窄門的身子，瞬間就可以釋放一個惡魔。它們唱歌，按照惡魔的節奏。這些高聳的桅杆有時按照舵手的樣子順水推舟，有時從礁石的內部拋下鐵錨。總有一個困局在杯盤中譜寫新的序曲。浩蕩的多重奏早已陷入對命運認知的誤區。

她在枯枝上的慢跑不得不另闢蹊徑。

14.

小半生，一直走在遵義路上。複行其上，已是遍及裂痕。在這條路上，修復和挖掘殊途同歸，只有禮崩樂壞是一隻嗅覺靈敏的獵犬，只有那把克己的尺子仍有往日的重彩。那些躲在廢鐵中的靈魂，那些殼越來越厚的靈魂，怎麼懂得遵義路的要旨，怎麼

會知道遵義路一端挽住天山路,另一端已被仙霞路織成最富麗的雲縷。

　　這個每天都想著能從體內送出一小塊肝膽的人,這個握手就會滴血的人,已到了無法談論珍惜的時候了,已到了將喪失做成良藥的時候了。看,遵義路上旁逸出一座動物園。別期待猛虎,別望文生義虛構出金毛獅王,連椋鳥都已築好堖口,連與路燈結盟的松、竹、梅都已回到體內。看,犬類正在花叢中打滾,冬天已準備隆重的霜雪。

　　待老裁縫製作完這件冬衣,待我拐進仙霞路,已有一份告別辭裝訂成冊。

15.

　　阿格裡奇鋼絲一樣硬朗的白髮讓巴托克的第 3 協奏曲像鬥牛士手中的紅布。她像一個鎧甲鑄造師對待廢鐵那樣對待她的琴鍵,黃昏為之閃閃發亮。黃昏有自己的曲調,但猛虎會送出另外的曲調。

　　我是一個喜歡在劇院裡遊蕩的人。剛下過一陣雨,燈光就黯淡了許多。別以為我是一個喜歡收集故事的人,如果沒有別開生面的曲調,故事就是灰燼。對待故事,我總有深不可測的決絕。不如將黑白琴鍵磨練得更分明一些,輕輕觸及,就能從海底喚回巨鯨。

　　「有時候我在絕對的寂靜中醒了過來。那是一個完整無缺的圓環。」我在黃昏中不斷撫摸阿格裡奇的白髮,指縫中有太多東西魚貫而出。曲調,是多麼難以談論的東西。我想要說的正在發生的重要事件,我正在度過的嚴重時刻,就像一個越纏越緊的

迴旋,被百分百地斷定為靈魂的戲劇。

16.

　　致命的幾場談話在鏡子裡進行。反復進行。我拼命抓住那雙手,我捏得太緊了。捏出了冰。後來,冰又在我的喉嚨裡面積越來越大。這透骨的寒涼讓所有時間都成為同一個時間,溫暖的手成為空無的手。剩下這雙懸空的手,天天從體內拔出繡花針。這是一個無任何事件發生的夜晚,除了冰急於從喉嚨裡沖出來,除了繡花針在心尖上練習倒立,反復倒立。

　　我又開始收拾行旅箱,總有一些東西不知如何安放。「生命是時時刻刻不知如何是好。」我反復念叨木心這句話。說得多好,行旅箱都變型了。這內部的彎曲只有我自己知道。所有東西不會比一隻行旅箱更多,而,滿滿一屋子的舊日子正在規劃四面絕陸的島嶼。我想起來了,我曾是尤涅斯庫《椅子》中的島民,而,現在島上只有漫無邊際的空椅子。極夜是島上常見的氣候,連影子也是空的。「請允許我走開一會兒。」尤涅斯庫這句話等同於廢話,但,這話多麼悅耳。當一切塵埃落定,請允許我走開一會兒。當絕對的寂靜正在佈置一個嚴密的圓環,請允許我走開一會兒。

　　我為什麼要談論整整一箱子藥?如果我想將鏡子裡的燈熄滅,只為了解救這個可憐人。讓她免於記憶和夢帶來的苦厄。還是攀到枯枝上去吧,不要遮蔽任何東西,不要挽留任何東西。我聽到白頭翁在枯枝上私語:「我要過比利牛斯山⋯⋯可是現在比利牛斯山已經不存在了。」

17.

　　計算熬藥的時間，計算兩座橋的長度，暮晚就這樣到來了。我一天穿過兩次江水，不能被帶走的東西，應該繼續生長的東西，一樣都留不下來。淩晨，聽到一個人的死訊，她琵琶遮面，嬌容難掩，已坐在上帝的面前。死亡頻繁得無從談論，就像每天都會回家的人，歸途無需談論，不過路近路遠。

　　只有在流淚時，我才會哈欠連天。我哈欠連天，在茶座上與一個陌生人大啖如何建造一座城，如何在城中建一座燈塔。他擺出草圖，添枝加葉，按照我的意思在要塞佈置一座花園。只有我自己知道，這才是真正的虛構，是哲學上的混亂，是尤涅斯庫的椅子。死亡如此緊迫，不待燈塔閃耀。

　　依然要洗衣、煮粥，依然要擦淨一座陽臺，這是夜晚的功課。我反復問過案頭白掌，是什麼令其花姿與眾葉同態？甄別是一門傷心的學問，是臨床上的換心術。花不像花，只有愛德華的剪刀手才能與其互道珍重。你如何阻止濃藥不從烈火中沖出來？那些重整山河的枝蔓，不斷在鏡子裡實現誇大其辭的復辟。只有日常是兇險的。從早到晚，我無非是要大碗喝藥，隨鄉入眠。

　　我隨手就能滅一盞燈。但我不會告訴你這個痛徹心扉的隱喻自一個漫長的故事逃逸。

18.

　　閉門窗，拉出普魯斯特，這個能從一小塊茶點中翻出一大段舊日子的人，是以最精確最精工的換向輪來邁步的。你不知道他擁有多少打開這個世界的按鈕，你更不知道他在哪些地方佈置了

盤根錯節的感應器。彈珠晃動一下，就能令他過於發達的神經在雲層中抓住鷂鷹。其實，根本不用談論咳嗽，一個高速運轉的病體，一隻手在上帝手中，此種相握促成了感知體系的高度健全。他一半的語言來自上帝。借用薇依的說法，這是不可推卸的重負與神恩。

時間從來就是一本混亂不堪的帳簿，交出去的，退回來的，這考驗智力的微積分運算通常會令人持久暈眩。整個下午，牆外幼稚園的哭聲威震雲雀，待我低頭，羽毛一地。普魯斯特一會在茶點裡，一會在濃藥裡。世間所有的心心相惜，皆因一面材質工藝無異的鏡子。如果我的鏡子裡從沒有逝去的時間，孤獨就不會成為我的世紀。而，上帝把所有一切毫無節制地託付給了塵世機制。

洗衣機裡的舊衣服不會煥然一新，深夜被打掃的窗臺也不會，到底是什麼讓時間賦有生趣？每一個舊杯子裡都裝有新飲品，它們瓜分了日落和日出。

19.

暮色四合，我正在讀《斐多》，一支能殺豬的笛子反復嚎叫：「在哪裡，在哪裡見過你……」畢竟是冬天了，很難讓人施展拳腳，而，對於一座明室，幾乎沒有人能給出準確的定義。還是在黑暗中練習幻影術吧，不過是為了反復強調，有人掌燈，有人入獄。

我能從每一本書中翻出一片鏡子。平面的，棱形的，有裂紋的，或者乾脆已經碎成了方天畫戟。不要談論它們的厚度，不要談論準星一樣過於醒目的射線，我們時常不知道如何扮演自己。

四面八方都有風，四面八方都有掩體。和我面對面坐在一起的，早已去往另一個世界。冬天應該要有冬天的樣子，捲縮得更深些，直到擁緊靈魂這根發條。

在《斐多》裡，夾帶有養老保險、醫療保險和失業保險，工整的百分比，工整的數字和大面積的空白。正待飲鴆的蘇格拉底怎麼會關心這些？靈魂和肉體到底還是摻合在一起的，「世間萬物一片混沌」。你不妨假定承認我的這個假設：每一面牆下都站著一個不速之客。總是要擊碎幾面鏡子，現在，我可以空著手出門。

20.

第二次了，車行懸壁。那個同行的駕駛員去哪了？從沒有貼地行駛，一開始就是一路向上，垂直向上，只有無邊無際脫離重力的懸空。在這個空蕩的車廂裡，我承受的是我自己，是靈魂因加速變重而不得不分置幾處，以維持懸壁上的行動。天空是一個超級厚的悶罐子，沒有雲。是的，垂直向上，無天無雲。

是誰在為我定制路線？是誰在指引我坐上這趟無人駕駛的長途汽車？在陡峭的懸壁上，它像一顆即將裂開的子彈。震怒的波塞冬對疲憊不堪屈辱不堪的奧德修斯大吼：「沒有神，你們這些凡人將一事無成。」還好有雅典娜啊，否則，歷經10年征戰，10年漂泊，這個九死一生的凡人如何能重歸故里。諸神統治上天，卻將凡人踩在腳下，玩於股掌。智慧，是凡人唯一能與諸神對峙的東西。而，智慧從來沒有減輕過疼痛，沒有讓鐘擺遠離險峻。

這是一個驚心動魄的夢，是最後的凌空一躍。沒有人能聽得清我在夢中留下的語言，我的低語就像一場救贖，在密密麻麻的針尖上練習倒立梅花樁。

21.

　　與灰塵進行的談判有一個漫長的黑夜。所有燈都亮著，所有燈彈指欲破。除了飛蛾，沒有人會認為只要有燈，落日就會變得溫柔。我想起了一個剪紙藝人和她闃寂的一生，城池在一張碎紙上，在她的手掌裡鳧趨雀躍，這驚人的戲劇正是一曲悲情的魔術。都是會醒的，都知道灰燼只有一步之遙。

　　我蓋緊藥罐，順著那些苦味，就可以摸到舊天堂的廊簷。但願你懂得，假如一個人進入她的世界，沒有一條路可以返回。如果我拒絕掀開蓋子，只是因為灰塵蓋頂。我聞得出灰塵的樣子，它自作聰明的變調總有一個顛來倒去的前奏。總是要談憎惡，總是要面對一杯甜酒被過分稀釋的限度。

　　唯有指認是傷人的。杯盤可以更好，但，杯盤卻是這個樣子。世間最愚鈍的事不過如此：將廢鐵鑄成寶劍，讓爛泥扶搖枝頭。每一個悲觀者都有一面過於通透的鏡子，世界條分縷析，世界搖擺著幾根枯枝。別等春天，別談繁花。

　　我已領教了慈悲。我學會了靜心熬藥，不體其味。總有撕下日曆的時候，總有讓愛哭的安徒生收淚的時候。

22.

　　飛了一會兒，正待更高，一根繩子在你手中。你往地面回拽，我迎面著地。之前是什麼樣的情景？我依稀記得，一座旅館擠滿了旅客，在斜坡上，它枯草色的格子窗將天空分割成了酒瓶口大小的等分。風在窗外，幕布一樣更換著天空的顏色，完整的顏料盒掛在斜坡上。你該如何著色？我因選擇的茫然而成為一個

睜眼瞎。我找到最角落的一個，最沉默的一個，靠在他肩上喃喃自語：我累了。別談選擇，談談著陸，和我身上的繩子。

巨大的香樟上飛禽生猛，它們忙於建設，忙於糊紙燈籠。讓我焦慮的是什麼？是落葉多於翅膀，還是河水正在使枝葉還原為流沙？演奏者，垂釣者，測量員，判官，他們都回來了。我幾乎和你完成了一趟海面旅行，蠍子島漂浮在洋面上，像一隻八面玲瓏的魚鉤。我如何能根治你額頭那一塊過於突出的胎記？像判官手中的表格和印章，印泥鮮豔欲滴，圍困著你的名字。我記得，你計畫過更遠的旅行，比蠍子島更異形的島嶼。我們是旅客，也是島嶼測繪員。我們是互為表裡的兩面鏡子。

我把所有情節都打亂了，時間亦是按照情感裁決完成的時間。你坐在河堤上，偶爾起身，偶爾撒下漁網，我們再也無需討論誰是誰的過客，因為，只有一條河流，只有一種堤岸。

23.

蜂群圍著豆莢打轉，花快要謝了。蜂躊躇，不過是不願見枝頭冷寂。這躊躇之緒幾近神通，凋落之花確有更新妖嬈。時光都是情緒的玻璃杯，甜時更淡，苦時更濃。再深，也難以遮蔽，一眼望穿。蜂逐花蕊，花寄枝頭，全為情緒使然。

「曾有過這樣一個衝動的奴隸嗎」，確實有一場鏖戰。醒來後，我回顧了每一個細節，奔跑，相遇，爭論，被記憶整修的堤岸和一支手槍。我被自己的求救聲驚醒，雲雀在枝頭大叫：「故事不再繼續下去，便是人物的紙上之死。」我差點忘記一場晚宴，它像一串珠子中突然丟失的一顆，讓情緒出現斷層。失蹤者複歸，一部漫長的懺悔錄從早寫到晚。還是要談寬恕，為了被生

活一次次叫醒。

　　黃昏，雲雀有更明亮的嗓音。它抵抗寂靜的努力正使時光陷入永恆的渺小之物，一連串細節，和將傾聽推向更遠的詞語。

24.

　　詞語即出即碎。像烈火上的盤子，撞牆的盤子，墜樓的盤子，自殺的盤子，穿過子彈的盤子。我使用它們，被這些唾面自乾的形象驚醒。這些在命運的雜貨鋪中被貼有標籤的盤子，在魔術師的箱子裡明碼標價的盤子，在一個人窮匱的桌面上盛滿閃電的盤子，一會兒聚成通天塔，一會兒散成沙礫。

　　生活是一堆狗屎。生活之所以仍被忍受，只是因為這些呼之即出的盤子總有碎其於洪水滔天的安慰。我說的其實是寬恕，是在成堆的沙礫中找到一隻曾在接骨木的叢林中促成春天的紡線姑娘。這個擁有紅色翅膀的天使，讓接骨木成為春天最重要的篇章，和鏡子隧道裡最甜美的蜜。我為珍視這蜜而細緻地畫完整條河流。讓盤子飛一會兒，讓正待復活的沙礫成為被重新發明的題材。

　　探討生活這張老臉已經毫無興奮點了。弄些唬人的胭脂確實叫人噁心。老老實實露出溝壑，老老實實修復牙齒，老老實實承認敗筆。現在已是冬天，接骨木跳過春天的圍欄，在我面前開細碎的小花，將它令人讚歎的蜜引進了服從秩序的不知悔改的河水之中。

25.

　　天知道我按了多少次刪除鍵。那些藤蔓一樣見風使舵的章

節,除了讓簡單的頭腦向蠢鈍更進一步,不可能開出一朵使人愉悅的花。不過,誰會真正明察秋毫,從複雜的枝蔓中找到稀有的花朵呢。這更像是一場漫長的追溯,從一片葉子找到那深不可測的根,以及從根部牢牢掌握的每一片葉子的普魯斯特式的神經。關鍵在於那些從不交代自己的部分,那條林中路。

一首老歌在空曠路口愈唱愈烈。它曾是我在迎接夜晚時最華麗的武器,此刻,它就像一件很久沒有使用過的羅盤,以巫師般的旨意指引一條通往過去的幽謐小徑。「噓,千萬不要聲張,你在某個歷史時刻復活。」在這個空曠路口,時間失而復得。無法談論快樂還是難過,一個按鈕開啟了隱秘的退步之門,沒有人可以陪你一起重拾往昔。我只是在風中再唱了一遍老歌,燈火闌珊處,覆水難收。

總是存在漏洞。我難以理解一束正在盛開的玫瑰,是如何出現在用軟木包裹起來,門窗緊閉對花粉非常過敏的普魯斯特那幽暗的房間的?人們熱衷於想像甚於情感本身,而,邏輯是一隻帶有毒汁的蠍子。有時,人們靠近它是為了證明人的確擁有比蠍子毒汁更毒的東西,可以對整個世界重新程式設計。好吧,重啟。重啟一個視窗。那些枝蔓會不會攔腰問斬?那難覓之花會不會聞道成仙?那首老歌呢?唱罷。唱罷。「讓上帝為你稱量出幸福吧。」

26.

只有一秒,海水就沒過頭頂。無數嚴重時刻中的瞬間,無人知觸的寂靜。它發生,就像暖過來的松針靜悄悄地完成了與冰霜的合璧。這促成孤獨的嚴苛的自我訓練,幾乎找不到同類。我讚賞那個一直坐在角落的人,從她的視線望去,世界是一個直角,

只有一個頂點,「光輝而不實用」。

如果拉出那根繩子,有秩序的時間都將混亂不堪。我聽到雲雀在高高的枝頭上絮叨成癮:順其自然。且看它的舌頭,早已不懼毒鳩。它會嚇退那些膽小鬼,它對這個世界最不可辯駁的觀點就是:「像牛糞一樣偶然」。臨睡前,我需要借它幾支羽毛,以便可以落入開花的大地。有時,最大的阻力來自鏡子,那些相互詆毀的光線使周圍的一切都陷入自我淪陷的蒼白。最難擁有的是寂靜,最難服從的是寂靜。

我想起來了,我所去過的最遠的地方是白頭翁晝夜駐守的城池,它被稱為 G 弦上的城邦。

27.

麵越吃越多,歌越聽越冷,這都是由風決定的。隔著這身皮囊,誰可以不是陌生人?一份手擀麵再精緻,仍不及靈魂精巧的百分之一,那成千上萬絲絲入扣的螺釘,沒有一個可以雷同。我幾乎不使用理解二字。人類還沒有生產出一種工具可以對靈魂一探究竟。這深不可測的溝壑,有時正是獨一無二的掩體。至於這個皮囊,何必要談屈辱。

每一天都有一長串十字路口。這總是讓我想起那本為臭名昭著的尼祿寫就的煌煌巨著:你往何處去?一個王朝不過一場大火,你要期待什麼?惡徒每天練習自毀,佛陀每天練習渡江。這個二元論的世界,從不存在正面和反面,不過一面是另一面的補充說明。如此,風會減弱它的威力,冰雪也會三思它邁出的腳步。你要的不過是寧靜,無來無去,無增無減。

別期待馬車上高掛路燈,別期待推窗即景。同樣是橋,策

蘭一躍迭起,橋再也不能高於河水。沒有人可以真正理解這位熬過集中營的詩人為何跨不過一條河流。眾說紛紜不過恣意揣度,只有絲絲入扣的螺釘可以解釋這個結局,但他從不顯現。更多時候,是遮蔽挽救了人生,是混沌讓時日開花結果。而,愚蠢的人啊,你是如此著迷於那些半透明的輪廓。就像侏儒族著迷於突然降臨接著便消失的泰坦人的面具。

28.

擦肩而過的父親擁著女兒就像擁著情人,左則的母親顯然已人老珠黃,看看她的臉,看看他們之間的距離,有關於生活的十萬字的序言。週末的購物廣場就像一場災難,看,這些被秋風洗過的臉、欠債的臉、被麻繩捆過的臉、摘花的臉、扶牆的臉、患有依賴症的臉、被失憶填平的臉、難以評估的臉⋯⋯都寫著「物質至上,只爭朝夕」。我像一張絹紙被夾在其中。是否有一個去處,足以安眠?

「時代的因素」,這種偽命題就像口腔醫院中剔除牙垢發出的吱吱聲。我們早已無力維護一個潔淨完善的口腔。是什麼在霸佔越來越小的靈魂復原之地?是什麼在消耗最後的這一點興致和耐心?看看購物袋中那些多餘的素材,它們正在為虛空加速製作膨脹的棉絮。聰明的你,想必知道,腳下燒得正旺的風火輪已經敗給黑曜石。教誨早已乏力,一連串的跟鬥業已送出難以下嚥的漿果。

多麼鮮豔的塑膠花,它在陽光下恍然一個真身。圍著它轉的孩子們還有不諳世事的笑容。他們有嶄新的口腔,還沒有學習如何描述這個世界。而,已經在購物廣場中交代出所有夢境的大人

們從未觸摸過一個古老的詞彙,它叫終身學習。我是人群中的一個呆子,看見陽光在塑膠花上打轉,便回到了夜晚的懸崖。誰可以與我同述那驚心動魄的險峻?我手中的釘子不是在十字架上,就是在血液裡。我從不談論喪失,彷彿這滿滿當當的世界從來就是一張絹紙。

29.

　　小號切開了杯盤。還有點綴氣泡的藍莓蛋糕。小號多麼鋒利,行雲流水,勢不可擋。我總是張開耳朵就能辨認小號上的標籤,一個黑人,一個紳士,他們一口氣從雲端下來,通常能碎石萬段。我這團碳水化合物,不過一小陣微風。在宇宙的裂隙中,她來過,就像從來不曾來過。蛋糕橫七豎八躺在桌面上,小號上的標籤也模糊不清了。我要談論什麼?混亂?寂靜?洪荒?或者一段枯枝?

　　我不止一次談論過枯枝。這人生中的除法運算,是一種終極價值。能除到什麼程度呢?早已是負數了,它還杵在那,黑鐵一樣拉著令上帝顫慄的黑臉。鬼畫符啊!那些小數點後除不盡的餘數,連四捨五入都會拖出一條狗尾。有時會倒長犬齒,瘋狂地撲向桌面。我知道,還有一顆星辰在天。我知道,孤獨是一粒發黴的榛子,使勁舔,能舔出甜味。我知道,燈一旦熄滅,就真的黑了。我知道,地上有很多瞎子。

　　我握著配備整齊的刀叉,我要切割什麼?這顛三倒四的演練,不過是徒增鐘擺的太息。刀叉在我手中,仍有自主的特權,一會撲向脊骨,一會撲向心臟。誰能看見那朵花?它還有動人的花瓣,給它時間,它還可以耀眼奪目。可惜,刀叉沒有心智,刀

又一頭撞進小號裡,鐵與鐵會咯血嗎?這是個無趣的腦筋急轉彎的弱智問題。是的,星辰在天,就像一場沒有盡頭的漂遊。

必定要熄燈。必定要讓不斷翻滾的骰子停止滾動。必定要請出那雙玩塔羅牌的黑手。世上到處都是門,但沒有一處清楚地標明:入口。出口。

30.

我將翁達傑的《遙望》從枕邊搬至案頭,又從案頭搬至枕邊,從上海搬至福州,幾次跟我往返。但是,仍未讀完。現在與他的《貓桌》為伴,就像晚餐中的刀叉(難道我曾說過,餐盤和刀叉是日常中最不為人知的險象?)。我當然不是要在此大談翁達傑,只是因為想念某個人。真正對我們生活起作用的是記憶。至於未來,正像我清晨的那個夢,被一個迎面而至的瘋狂者攔路擊倒。是的,未來是概率學上難以評估的百分比。

實際上,重複讀同一本書是我的嗜好之一。那些從身邊經過千百遍的句子,不會因為多經過一次而變得鬆弛。跟生活絕然相反,語言從不從鐘擺中獲得佐證。你知道,我說的是厭倦。生活的天敵。有時,僅僅是對厭倦的確認,你活得像只泥鰍一樣向淤泥更深處挖掘。翁達傑絕對無法想像一隻泥鰍是怎樣和淤泥作戰並相濡以沫的。他只顧彈奏自己的行板,一會兒在山坡上,一會兒在雲端。我反覆讀他,難道就是為了聞一聞雲朵的味道?多麼合乎邏輯的判斷。「行到水窮處,坐看雲起時。」那些驚心動魄的轉折,你看得到嗎?

此刻,我只對一隻奇異果感興趣,他將拯救這個已經變舊並持續舊下去的身子。

31.

　　在一段陡峭的坡壁上，我接到電話。電話裡的人跟我說，他手中有一張我簽字的巨額欠條。具體數目語焉不詳。

　　進入這段坡壁之前，我剛剛結束病榻時光。我的主治醫生由於給病人「無度使用鎮痛劑」而被院方辭退。唯有在他的鎮痛劑中，我才能平安度日。我完全認同他的觀點，世上所有的藥其實都是由鎮痛劑製成。它是百藥之源。當然，像我一樣擁護他的人寥寥無幾。每一個病人都希望醫生為自己獨製秘方，取材稀有。實際上，數年的鎮痛劑服用史，的確讓我的病症得到了治療。在他離開醫院的前一天晚上，我們在病房中徹夜長談，他跟我透露，他的鎮痛劑都是自己製作而成的，製作程式十分複雜，用材也極其考究。告別的時候，他給我留下配方中的主要成分列表：白鷺羽翎10克，香樟晨露3克，白蓮花心9克，青魚背鰭6克，青蛇蛇衣7克。「鎮痛劑是一個奇妙而碩果累累的祕密。」我將他的這句話視作他為鎮痛劑的終極辯護。

　　上帝拋下我們，從不過問。在坡壁上，晚霞像一根麻繩牢牢捆住我的手腳。我想起，我曾是一個喜歡尋找蝶蛹的人。成千上萬的繭，在我的剪刀手上煙飛灰滅。某次，為了給一隻康得拉蝴蝶破繭，我誤入峽谷之中。那場歷時10年的迷途，讓我身患重症，從此依靠鎮痛劑度日。

　　這些莫名的債務，已經被寫進輪迴。當我試圖翻越坡壁時，才發現前路已被懸崖佔據。「別想喘息」，黑鳥在我頭頂重複著這句唱詞。晚霞真是一種拯救啊，我看暮色從四周漫上來，它太仁慈了，它讓一個在坡壁上不知進退的人熬過了無處安身的危機。

32.

　　人世間遍佈無助的黃昏。難道我早就看見了老無所依？實際上，我一出生就老了。有時，我也頗感驚奇，這堆早就轉不動的蛋白質零部件竟然還沒有坍塌。坍塌，其實就是拯救。我每天都在搓麻繩，每天，從繩子的彼端走到此端，兩端之間頻繁發生石頭風暴。哦，巨石都已先我進入黃昏。我的黃昏。

　　別輕易使用悲觀、樂觀這樣的詞。在石頭國，這些詞是典獄長的餐前甜點。分秤大小不一的石頭，才是我的正餐。我一向欽佩那些既看守監獄又能夠在監獄裡玩石頭的人，那些在盥洗室裡複製落日的人。這些人中猛虎，每時每刻都在生育。哦。且將屈辱作長歌。

　　我想過，是否可以有一座石頭花園？一位縱深躍入河水中的詩人的遺言給我的啟示是最高安慰。「是石頭要開花的時候了」。我既雕刻石頭，也雕刻籠子。這兩者之間置換的時刻，就是生活的時刻。

　　最生動的事物，就是最枯槁的事物。繩子和石頭，它們之間不受約束的遊戲，可以讓猛虎頃刻斃命。終究是一個找不到邊際的宇宙，終究只有一個難以適應想像的天堂。我不斷地讓這些巨石在繩子上跳舞，不過是為了驗證：世間是否真的存在一種點石成金的理解力。

33.

　　有時砂礫在骨頭裡，有時在手心裡。這幾乎就是不容拆穿的一元論，是生命的兩難。換一種說法，堅硬的骨頭是手心中唯一

想抓住而不斷潰散的東西。「真的存在不可動搖的骨頭嗎？」這樣的問題很快讓我成為一堆爛泥。

詞語帶來的安慰等同於針尖留下的窟窿。排山倒海的安慰，排山倒海的窟窿。在骨頭裡，形成編隊。誰可以理解骨頭中的暴力事件？這些咆哮的猛虎，走出鏡子，只有溫柔。年邁的赫胥黎在寫給兒子的信中說：用溫柔來追憶溫柔。我想，那時他正擁有一面寧靜的鏡子。

我總在深夜想起有一扇門忘記關上，或者敞開。那麼多妖魔和精靈，她們如何突破牆上的鎖，和我會聚？坦然地，將她們拒之門外，坦然地，讓她們登堂入室。在骨頭和砂礫之間，這否定和肯定就像一場追殺。

作為一個長尾巴的人類，我必須隨身攜帶一柄利劍。在四壁中揮劍如雨，對每天露出一寸的尾巴實行：斬立決。這幾近失傳亦無從傳授的劍術，是打開猛虎之門的唯一的鑰匙。

34.

如何能成為一個看風景的人？黃昏裹住湖面，蝙蝠們搶佔了湖面。這些短翅族，這些在綠林中難續巢穴的失聰者，越飛越黑。是的，綠林中再無俠客和忍者。且看四溢的油彩，飛濺一處，荒蕪一處。

偶有長跑者經過，又很快捲進落日。在微瀾的湖面，長跑者完全被自己的倒影掏空。這終究是一個不能定性的湖面。只有側耳傾聽才能作出針對性的判斷。我凝視這一切，四周石頭隨即翻舞。一個夾雜在輪廓和形體之中的豐富而虛空的湖面，從不提供顯像的景觀。

必然有一個隱形人，奉送那些不可見，不可知的東西。雲端的惡意和善意，湖底的豎琴手和割草機，湖面有一個邊界，黃昏另設一個邊界。割草機在湖底劈啪作響，我每天都以一個哨崗的身分收聽到這祈使句式。

35.

餐桌上的主食是一隻辣椒。正前方的螢幕上，三個中年人，懷揣三支步槍。「哦，正中靶心。」槍上是否載入刺刀？我們來拋硬幣決定吧。再普通不過的黃昏，而穿過餐桌的槍聲總是最先暴露那些經不起推敲的杯盤。

如何解釋那些被奪去主體性的桌面？設計者先用糖果，然後再用葡萄，最後在一隻清脆的土豆上大刀闊斧，這些需要一再深思的多元的結構，是泥土和作物的雙向認定。我們的胃口，決定我們的黃昏。請別放棄那把尺子，別放棄尺子上立場鮮明的刻度。

我唯一感到迷惑的是櫃子：櫃子裡層出不窮的調料。有些負責停止鐘擺，有些直接讓摩天輪飛離湖面，有些完美地抵達虛空，有些不屈不撓的狡黠。這只裝滿調料的櫃子，在每一扇窗後，都是一座移動城堡。最寡淡的山坡上，有最莫測的魔法。

我是一個喜歡設置陷阱的人。我在我自己的陷阱裡進進出出，如入無人之境。我有時在陷阱裡養魚，有時在陷阱裡放牛。我總是以極端的方式使用語言，讓它們不停地在陷阱裡翻筋斗，面目全非。這註定是一種不能公示的逸樂。如果要為此辯護的話，我只能說：我既非同類，也非異類。我是我自己的異己。

步槍和晚餐，糖果和桌面，調料和魔法，我煞有介事地供出它們，又若無其事地取消其意義。多混亂啊！這即興的演奏。一

個反常的力量體系。我喜歡猶太裔作家雷蒙德・菲德曼的說法：「長長的不間斷的次中音薩克斯獨奏。」

36.

　　只要想起一個人，肝膽就會被挖去一大半。巨大的落日從早走到晚，同行者蜥蜴每天都摧毀一次天堂。這個殘剩一小塊肝膽的人，每天都在找東西堵塞各種空洞，它們深不見底，有一隻帶鋸齒的大舌頭。

　　我說的無非是河水、石頭和一根斷弦。有時它們也可以叫做格裡高爾甲蟲或者斯賓諾莎鏡片。這些親屬，從彼此的時代中伸出相擁的長臂。杯中鎮痛劑源源不斷。

冷記憶

第四輯

楓香驛

01.

  在梅屋的山坳裡，一株七年多的梨樹花滿枝頭。我經過它時，布穀鳥已是滿身馨香。我的母親正在三分地的菜園裡翻土，她在尋找確切的地點，挖出她在舊年冬至日埋下的瓦罐。瓦罐裡裝有一枚雞蛋，雞蛋被植入一隻蘿蔔之中。它們被埋了整整七十三天。瓦罐，蘿蔔，雞蛋，它們在母親的手上成為一種良方。大哥的哮喘便是在這個良方中得以愈全。瓦罐，蘿蔔和雞蛋，它們平淡無奇，母親將它們製成良方，只是因為兩個特殊的日子，冬至日和驚蟄日。母親說，埋下瓦罐的冬至日必須要有陽光，而挖出瓦罐的驚蟄日必須在露水未乾之前。

  母親在三分地裡圈出很大的範圍，翻開很多土壤，並不是因為她真的記不清自己在三個月前埋下瓦罐的準確位置，而是她有很深的疑慮。她對自己的記憶力信心十足，但對泥土下的瓦罐缺乏信任。這是母親烙下的病症。三十多年前，當母親親眼目睹紅衛兵在我的外祖父的書房裡掘地三尺，尋找我的曾外祖母埋在地下的金子而不得時，母親就得出一個結論，一旦東西被埋入地下，就沒有人真正知道它的行蹤。金子在地下渺無蹤影所帶給母親的震驚，毫不遜色於紅衛兵在家中開闢出的條條戰壕。

  梅屋的那株梨樹長在我必經的路上，那條路是我從家到學堂的唯一通途。它包括狹窄而曲折的田壟，土丘，山坳，水庫和幾

個總讓母親提心吊膽的池塘,以及總讓我渾身發麻的幾座小橋。我至今都沒有搞懂我的恐高症是否是那幾座小橋的後患?驚蟄過後,橋下的流水奔騰不息。一旦風暴,小橋就會成為水面的一葉扁舟,隨水奔流。曾有夏天,小橋帶走了二位少年。我對它望而生畏。母親歎息不止,「這如果是在楓香驛,肯定不會發生。這樣的獨木橋,在楓香驛早被我大大修理了。」母親神情複雜,有驕傲,有憂傷,還有憤恨。母親的大大就是我的外祖父,他死於盛年。楓香驛的光澤也在外祖父倒下的那一刻停止了閃爍。之後,母親來到了離楓香驛六十裡地的一個窮徒四壁的小村莊,它叫鐵象灣,我父親的出生地。

沒有人可以瞭解鐵象灣與楓香驛在我母親心裡所產生的難以彌合的距離。按照我事後的判斷,在母親心裡,它們一個在天上,一個在地上。楓香驛是母親衣錦寵榮的華年,溫柔之鄉。不管其中有多少血雨腥風,在母親的記憶裡它被一段固定的甜美歲月定格。鐵象灣則有太多的愁苦。不管這些愁苦是否肇事於鐵象灣的窮徒四壁,它的確見證了母親的落魄和苦難。鐵象灣就像嚴寒中的冬至,母親屈就於它只為治癒她兒子的一種頑疾。而楓香驛猶如驚蟄過後的一聲驚雷,它炸開了母親的美夢。

母親在驚蟄時節翻土尋找,除了那個在冬至日埋下的瓦罐,我知道,還有一個殘夢,一些片斷,一點蛛絲馬跡。它們是母親的良藥。

02.

我不能說母親只生活在她的記憶裡,這種說法有失公允。當母親將她最小的一個孩子——我——帶到這個世界時,記憶已成

為母親的不可承受之重。很長的一段日子，母親拽著家中成堆的破衣裳縫縫補補，拉著不諳世事的我坐在她的身邊，有一句沒一句地說著那些成年往事時，母親在縫補的除了衣裳，還有她的往昔。只是，歲月的色調已由明轉暗，漸漸蒙灰。

老花鏡戴在還不滿五十歲的母親的鼻樑上，總讓不滿十歲的我覺得像是一隻玩具。一旦母親取下它，它便見縫插針地移到了我的臉上。那真是一種奇妙的變換，眼前的事物開始旋轉，界限不清，而平整的地面突顯幻覺似的深坑，我一腳踩下去，人仰馬翻。夕陽在對面的竹林裡時隱時現，在稀落的枝葉間閃爍著最為黯淡的沉寂。

「旺德叔從山上帶回二隻虎崽子，和幾個月大的貓一摸一樣。他把虎崽子放在穀倉裡，餵米湯給它們喝。接著一連幾天，母老虎天一黑就跑到後院外，圍著穀倉嚎叫。那聲音不是一般人能受得住的，令人心驚⋯⋯旺德叔只得偷偷地將虎崽子送了回去。」母親稱呼的旺德叔是外祖父家的管事，他在我的曾外祖父眼皮底下長大，與我的外祖父同寢同食。他的家在長江邊上一個叫壩頭的地方，而他從來就沒有到過那個地方。楓香驛就是他的家。「你曾外祖母邁著小腳，被人拖去批鬥時，我看見旺德叔一個人坐在後院的牆角下，臉上都是淚花⋯⋯他文革結束後才離開我家。其實他在土改時就應該走的，但他一直賴著不想走。」母親低著頭，專注於自己手上的針線，那些話在針線的穿梭之中飄忽不定。坐在母親的腳邊，我想著的是那兩隻虎崽子，它們的樣子是否真的和貓並無二致。母親的答案是肯定的，「上山看虎，不如家中看貓。」不管母親說的如何漫不經心，我也不能消除一隻因孩子走失的母老虎在深夜淒厲的嚎叫所帶給我內心的震動。它遠比一隻貓來得慘烈。

我的曾外祖母被人拉出去批鬥時，我的外祖父從口腔裡噴湧出巨大的血球後，已沉入黑夜的深處。外祖父是她唯一的兒子。我的曾外祖母邁著三寸金蓮從黑夜跨入白晝，又從白晝陷入黑夜。

　　一輛無人駕駛的電車停在鐵象灣的祠堂門口，這是一幅奇幻的場景。在如今拖拉機都行駛困難的鐵象灣，一輛電車的到來則是荒謬的，但我見證了這一切。無人駕駛的電車上唯一的乘客就是我。它停在鐵象灣的祠堂門口，像天外來客，又那樣真實可觸。此刻，我父親的靈位就放在祠堂的一角。無人駕駛的電車，鐵象灣的祠堂，父親以及擺放在祠堂裡寒冷的靈位，他們刺破了我的夢境。

　　母親的大大，我的外祖父，在母親的縫縫補補中站到我的面前。他滿腹經綸，喜好遊歷，捧著馬克思著作時對閨閣中的我的母親說，「鞋就不用學著做了，以後會有機器做的鞋，花樣多得很。」「我大大就像看見了似的，我當時還不相信。」我的外祖父預見了流水線上花樣繁多的鞋，但沒有預見洪水般向自己湧來的浩劫。我猜想，他叫我的母親不要學著做鞋時，正斜倚在自己書房的躺椅上，托書品茗。

　　母親的大大是母親心頭揮之不去的雲彩，不管這片雲彩寄宿於怎樣的天空，他依然光芒萬丈。我的夢也出自同樣的一束光。不管他是否反射於一輛不合時宜的電車。

03.

　　毫不諱言地說，我是一個喪失時間感的人。許多時候，人生在我眼裡只是兩點而已，就是在一個平面上，沒有連接線且永不相交的兩點。當然，一時半會兒我很難向你解釋那兩點之間為

何遺失了連接的線。我只能說那根線形同虛設，雖然那根線其實由無數個點組成，且它們其實前呼後擁熙熙攘攘地在兩點之間密密匝匝，但它們一個個又組成了生命的空無。它們熙熙攘攘，密密匝匝，其實只是反反復複地描摹著兩個字——生，死。我難以診斷，我為何是一個時間面盲症患者？過去和未來彷彿從來就沒有過變換。如果不是後天原因，我只能推斷我的這種疾痾生於胎腹。這是我母親的基因。我的命運就是為了將母親的此種基因加以延續。

在鐵象灣三間瓦房的右邊前半間裡，一隻雕花的衣櫃被夾在低矮的樓板和積滿灰塵的地面之間。它是母親的嫁妝，經過六十裡的長途，由楓香驛背來。如今，它早已油漆剝落，老邁不堪。我第一次夠著拉開衣櫃上那兩個帶有銅扣的抽屜時，一隻雕花的銀鐲子，一塊有些殘缺的玉牌，一把沉甸甸的精緻銅錘，一根花樣繁複的頭釵，幾枚分不清年代的銅幣和銀元就那樣不動聲色地躺在抽屜的雜物之中。它們異樣神祕，又顯得格格不入。當父親需要找一把修理指甲的剪刀或一盒點燃煙斗的火柴時，這些物什便會在一雙粗暴而急切的手中不得安生。父親對它們的粗暴和冷漠，不是因為缺乏珍惜，而是因為缺乏共鳴。這真是一種要命的缺失。長期以來，我的父親和我的母親正是因為這種缺失而令彼此痛苦不堪。一隻翻山越嶺背過來的衣櫃，並不能消弭楓香驛的歷史，也不能改寫鐵象灣的未來。我的父親和母親就陷在這歷史與未來的溝壑裡，我也許是這溝壑得以彌合的可能。不管我離鐵象灣多遠，多久，那只委身於塵埃和幽暗之中的雕花衣櫃都如影隨形。衣櫃上那兩隻抽屜曾經滿足了我對楓香驛的無盡遐想。

我不能說我比我的父親對抽屜裡的那些物什更有共鳴。那兩隻抽屜成為我想像的樂園，並不全在於它們，還有一隻佈滿穴位

的耳朵。至今,我都沒有澈底弄清楚,那只耳朵的出處。我相信它同樣來自楓香驛,或者比楓香驛更為遙遠的地方。在鐵象灣的不毛之地,一隻靜止的耳朵是深度的寒涼。

我不知道要怎樣向你解釋我第一次看見那只耳朵時的驚奇,我只能說那是我真正走進世界的唯一介質。一隻躺在雕花衣櫃抽屜裡的佈滿穴位的褐色耳朵,使我抵達世界的最深處。

「我大大死的當天,我在許嶺(一個離楓香驛有一百多裡地的方)做苦力,修水庫。等我得到口信,他在門板上已經躺了三天,唉……因為沒有石灰,不能入棺。我連夜從許嶺挑了一百二十斤石灰趕回楓香驛,很多山路,漆黑一片,也不知道怕,也不知道怎麼那麼大的力氣……那年我才十六歲。」母親站在鐵象灣的煤油燈下跟我說這些時,我幾乎看不清她的臉。夜沉寂得可以聽見連綿群山之外的歎息,我清晰地數著自己的心跳,咚,咚,咚……一下,兩下,三下……慢慢地,心跳聲和群山外的歎息聲融合在一起。我慢慢地挪動著自己的身子,目光緊盯著微合的大門,彷彿隨時有令人驚懼的不速之客推門而入。我的身體退到了牆角,目光退到了自己的腳尖,一旦有可能,我甚至謀劃著退回母親的子宮,但牆角冰冷而堅硬,我無路可退。

我警惕著自己的耳朵,許多時候我卻盼望著失聰。風生或者水起那都是外界的訊息,唯有心跳和歎息才能揭示世界的真相。在我的母親驚人的記憶面前,沒有消逝的時光。歲月在她面前只是一陣風。我母親的生活在一陣風過後離題萬里,如今,這陣風在我的頭頂呼嘯。

楓香驛的往昔正一步步向我走來,我知道,一隻靜止的耳朵尤為重要。

04.

　　我已記不清,我第一次在楓香驛曲折的回廊裡探頭探腦,是什麼時節。當我在外祖母的床上抱著她肉粽似的小腳捱過漫漫長夜,在清晨的微風中穿過回廊時,一株枝椏低垂的紫荊花樹正花團錦簇。那層疊的、充滿肉感的花瓣甚至勾起了我的食欲。那是一個缺衣少食的年代。那株紫荊花樹與楓香驛那群佈滿回廊,但已進入耄耋之年的房子形成了強烈的反差,在同一個滴滿露水的清晨,它們卻有著各自的時代。那群房子曾經也許風光無限,在經過了日本兵、土匪和打到「土豪劣紳」的「翻身農奴」們的洗禮之後面目全非。楓香驛早已分成了許多等份,被一份份地割裂開去。它被濃稠的大霧所籠罩,在散不盡的塵埃之中又被歲月所吞噬。

　　我迫不及待地想和你說說我的外祖母,她是我至今所見過的最為沉靜的女人。在我的記憶裡,我從未見過她有過哪怕是誤出的一句多餘的言語。不管是暴風或者驟雨,酷暑或者嚴寒,我的外祖母都是以同一種姿態,同一種神情,沉靜地守在她固定的位置上。她看上去平靜得猶如冬日裡照進房舍的一抹陽光,無驚無喜,無怨無怒。只是,你不能碰觸她的目光,那是一雙沒有焦點的眼眸。她似乎永遠都不在此刻,她所注視的遠方似乎遠得無法抵達。

　　「我姆媽家是世代中醫,對草藥知根知底,連帶做起了藥材生意。中藥房最多的時候開到二十幾家,方圓幾百里地沒有人不知道雷家的方子藥到病除。我姆媽才是真正的大家閨秀……」我第一次接受外祖母的侄子,我母親的表哥,我的表伯搭脈問診時,便澈底掃除了母親對外祖母的家世編故事的嫌疑。我甚至

能從表伯看病時從不問病情而只需搭脈，幾十年如一日嚴格遵循著一天接待不超過十個病人的家傳醫規，以及藥到病除的神速上看到了外祖母家淵源的醫術。「聽我奶奶講，我姆媽的大大有一天大清早出門應診時，碰到了一群送葬的人，眼看著棺材晃晃悠悠就從他面前過去了，也就是那群人走過去不到一丈遠，棺材硬被我姆媽的大大給攔住了。他非要問人家棺材裡是什麼人，扯著嗓子說不能抬去埋了，人還活著……結果這個棺材裡的人還真是被他救活了。棺材裡是一個難產的孕婦，九牛二虎之力後生了個死嬰，自己也咽氣了。其實她沒真咽氣，只是脈搏微弱，看上去像是死了。送葬的那天，鮮血從棺材縫裡一路滴滴嗒嗒，我姆媽的大大也就是看到了從棺材裡流出來的鮮血，知道裡面的人還活著。」母親在跟我說這件往事時忽略了時代背景，它聽上去有諸多疑點，起碼在我聽到這件事的瞬間，就對棺材裡滴滴嗒嗒而出的鮮血感到惶恐和不可思議。不過隨著我年歲的增長，我逐漸懂得，那些看似不可思議的存在可能才是世界的本來面目。有時，它們以令人疑惑的方式存在於世，只是因為某些錯誤的交集。就像即便是世代行醫，救人無數的外祖母家也逃不過一張「土豪劣紳」的標籤。在這個極具殺傷力的標籤之下，外祖母家和楓香驛一樣在劫難逃。我的外祖母經受著兩個家族的變遷，我難以判斷，她的沉靜是因為良好的教養，還是因為心念如灰？唯有一點是我可以肯定的，即便是心念如灰，我也沒聽見過她有過一聲歎息。

與我的外祖母比起來，我的母親則要激烈得多。我只能將之理解為她們對劫難有著不同的溫差。外祖母的小腳是一個不可迴避的前提，註定跨不過她自身的時代，而我的母親雖然滿身都寫著剛烈，卻不知道自己早已被一篇浩蕩的序言所修訂。在那篇序

言裡，楓香驛是一個繞不開的主題，它統治著母親的前世今生。

05.

　　當我第一次爬上鐵象灣池塘口那株盤根錯節的千年香樟，躺在粗壯而平坦的樹脊上被一陣風驚醒時，我便對風具有了獨特而持久的敏銳感知。驟風襲來，如蓋的枝蔓不自主地晃動，一直晃到根部，彷彿一個立於危崖邊的生命，面對深淵時的驚恐顫慄。那株千年香樟是鐵象灣被捲入「大煉鋼鐵」時期的唯一倖存者，只是，我已無從考證它是怎樣避免自己葬身於爐火，留住滿目蒼翠。涉過一池春水，它的根深入鐵象灣的每一寸肌膚。

　　「馬先生，你說明天會有雨嗎？」收割時節，這是正寶伯經過我家門前，看見我母親時的習慣問語。「看風向，應該沒有。」我的母親回答他時，注視著天邊。她伸出手，感受風從指間流動的力量，有時信心百倍，有時猶疑不定。我的母親並不是一個善於觀天象的人，只不過，有時颱風下雨被她偶然言中。鐵象灣有許多人將我母親看作是一個天象觀察員，收割時節，他們希望風和日麗。很長時間，我都難以理解，母親在鐵象灣為何成了一個觀天象的人？當我在千年香樟上被那陣風驚醒時，這個疑問在瞬間得到了化解，母親對天象的觀察是源於對風的敏銳感知。在母親的心中，留存著太多關於楓香驛和風的不盡糾葛，楓香驛因風而起，因風而落。

　　「人啊，說不得。麻二，原來是個要飯的，長一身的麻子，衣不遮體，也沒名字，沒幾個人敢靠近他。到了楓香驛，是我大大看著他實在可憐，把他給留了下來，給他治病，好吃好穿，慢慢恢復了人樣，後來大家都叫他麻二。就是這個我大大養

了十幾年的麻二，一聽要土改了，打倒「地主惡霸」、「土豪劣紳」，第一個跑到我姆媽房裡搶東西。紅衛兵來時，他第一個爬上我家房梁拆房端瓦，跟一陣風似的，說變就變。」我見過母親說的這個麻二，在一九八九年我的外祖母去世時，他還鮮活地佔據著從我的外祖父眼皮底下「分得」的寬敞房舍，儼然一個真正的主人。當然，我的母親不會不知道，麻二一陣風似的速變，是因為楓香驛正被一場颶風所席捲。麻二只不過是一條被風吹醒的蛇，而我的外祖父不得不讓自己成為那個後知後覺的農夫。

鮮明的旗幟在楓香驛的屋脊上隨風招展。跟隨在麻二身後的人一窩蜂地爬上了楓香驛的房頂，他們爭先恐後，饑不擇食，興奮不堪。他們翻開每一塊瓦片，挖開每一片磚牆，在他們眼中，那些瓦片和磚牆裡塞滿了金子，他們饑渴難耐。一切置身事外的人都難以抵達他們的那種饑渴。楓香驛的瓦片和磚牆之間的確給他們帶來了高潮，曾經被我曾外祖母偷偷塞入的銀元紛紛垂落。在那些紛飛的銀元之間，旗幟應聲倒下，風呼嘯而過。這一刻，風向有所不同。麻二和他的同夥們在銀元之間頭破血流，兵刃相見。

「聽說我太太爺到六十歲時，還是用草繩紮腰，過日子省得出了名。也就是他那樣，我家才發達了起來。到我太爺那會兒已經是富甲一方了。我太爺做紡織，開布莊，辦學堂，什麼都做得很興旺。到我爺爺那會兒，卻三天兩頭遭土匪。不但土匪搶布莊，砸學堂，還好幾次綁架了他，險些回不來。我奶奶嚇得到處藏東西，那些牆縫裡的銀子就是她塞進去的。到了我大大這會兒，乾脆端了個底朝天。正應了那句話：富不過三代啊。」以我年幼的單純，母親對楓香驛的總結在我聽來是不合邏輯的。如果沒有土匪，如果楓香驛沒有陷入「地主惡霸」、「土豪劣紳」的大旗圍裹之中，再如果少一些麻二之流，楓香驛也許如今還自足

安寧，興旺發達。當然，我的如果是一種不合時宜的想像，沒有人可以在颶風中得以安身。在楓香驛的土地上，沒有神跡。

06.

秋日，楓香驛倒影在向東而去的河面。在流水的碎影裡，一扇佈滿蛛網和灰塵的格子窗向昨日洞開。窗內牆壁幽暗，房間空蕩、寧寂。一把太師椅殘缺了一截扶手，書桌上硯臺早已不見蹤影，筆架上的毛筆三三兩兩，筆芯乾燥散落，除了幾張沾有墨蹟的宣紙，書架上空無一物。只要跟隨我母親的記憶，我將毫不費力地看到這扇格子窗裡曾經一眼望不到頭的書脊。它們大多由一些如今銷聲匿跡的珍貴藏本組成，書脊之間未裱的鄭板橋字畫露出挺拔的竹節。在如林的書脊之間，格子窗裡燈影如注，我的外祖父徜徉其中如沐春風，他的身邊可能坐著我年幼時的舅舅。如今，我的舅舅獨自困守在這格子窗內殘破不堪的書房裡，他像我的外祖父一樣滿腹經綸，上通天文，下曉地理，但除了他自身的投影，這間曾經蘊藏天地乾坤的書房帶給他的只有深深的孤寂。

我的舅舅是我母親的心頭之痛，而我舅舅的故事應該要從一隻巨大的裝滿銀元的樟木箱開始。如果我的推斷沒錯，鐵象灣那只雕花衣櫃抽屜裡躺著的那幾枚銀元，就是從那只巨大的樟木箱中不慎滾落的。依我母親的描述，那只樟木箱該有一米深，二米長，它由佈滿年輪的木料製成，箱子的內壁塗滿桐油，外壁則漆滿了精心描繪的圖案，三隻厚重的銅鎖嚴絲合縫地落在由金水勾勒的圖案之間，充滿了神祕。更為祕密的是，我的母親守護著那箱銀元所度過的苦難歲月。一隻裝有三隻銅鎖的樟木箱，一箱必須守口如瓶的銀元，它們是我的外祖父離世後留給楓香驛綿長的

希望和痛楚。那只裝滿銀元的樟木箱，同時裝滿外祖父一生唯一的一個遺夢。在那個夢中，他希望他唯一的兒子，我唯一的舅舅能博古通今，學業有成，遠離楓香驛。而我的母親是他這個夢的唯一守護者和執行者。只是，我的外祖父沒有想到，他這個夢不管是對於當時年僅十六歲的我的母親，還是比我的母親小八歲的舅舅都註定充滿了徒勞的殘酷。

讀了八年私塾的母親從以轎代步的閨閣生活中，一頭載進了農田，像一個久侍農事的勞力，將自己十四歲光潔的雙腳送入深陷的泥土之中。在稀裡嘩啦的水田裡，螞蟥成群結隊地湧來，瞬間爬滿了母親的小腿，稍遠一點的地方長著各式膚色的水蛇正伸著懶腰。一旦我的母親從一尺多深的水田裡爬上岸，她就可以看見比她大八歲，大小姐風範的大姐，裹著小腳的祖母和母親，以及二個年幼的妹妹和更為年幼的弟弟在眼巴巴地望著她。跨出楓香驛的大門，我的母親就是一大家人的衣食來源和全部支柱。在一眼望不到頭的爛泥地裡，怯弱是最大的敗局，這是我的母親在楓香驛陷落的瞬間就懂得的真理。我沒有資格評判母親過於堅強、倔強的秉性對她以後來到鐵象灣的生活所帶來的致命的缺失。沒有人可以背負母親的歷史。

紅衛兵開進了楓香驛，一場大火將外祖父的書房化作了灰燼，沒有留下一點殘篇斷章。我的舅舅眼巴巴地看著無數珍本煙飛灰滅，他兩行寒淚，心念如灰。我的母親用整整一箱銀元，通過無數個祕密的途徑將舅舅送入學堂，小學，初中，高中，最終，在進入大學的門檻上戛然而止。舅舅無法改寫他「地主惡霸」、「土豪劣紳」的出生，大學是一個他不得入內的所在，不得入內，還要接受群攻、批鬥。舅舅就這樣懸在一間成為灰燼的祖傳書房和不得入內的國家學堂之間，一直懸到如今。而我的母

親則在許多人看舅舅嘲弄的眼神和「一事無成，浪不浪鏽不鏽」的指責中愧不當初。在必須靠自己耕種才能溫飽的歲月，舅舅卻不善農事。對此，我的母親始終對自己的失責耿耿於懷。

如今，一根鐵軌將楓香驛分成了兩截，我的舅舅六十不到便門牙脫落，頭髮稀少，整日沉默不語。

07.

手捧《莊子·逍遙遊》，我的舅舅將目光探入雲層深處。在雲層之外，宇宙廣袤無邊，人類渺小如蟻。無數個空間混合一體，沒有界限和目的，或者說界限無處不在，目的形同虛設。楓香驛更是薄如蟬翼。我的舅舅將一切都交給了空無，或者比空無更為不著邊際的東西。我知道，這是一種比生命更為遼遠的蛻變。

「一片河灘多秋草／隱碧條／木橋橫鎖似藏嬌／西北望／崢嶸疊疊／無數峰高／山影處處／霧繞繞／邊街楊柳堤岸／行人少／無道笛聲觸煩惱／吹碎心憔／時光容易把人拋／歡韶華／青春老」

在舅舅無數於腹中寫就的詩詞中，這首名為《二郎河看秋暮》的詩，是為數不多被我聽來的幾首之一。如果我沒記錯，舅舅寫這首詩時，還是一個俊美的少年。在他高中時代的寄居地——二郎河，這首詩就是他當時心情的寫照。他那時也就十六、七歲，正是如夢青春，但一場大霧是橫在他面前的冰涼現實。我難以考證，舅舅從什麼時候開始便不再將詩句寫在紙上。在那間空蕩的書房裡，四面孤寂，墨汁已幹，稿紙化作青煙。只有和我的哥哥，表哥們在一起時，舅舅才會有吟詩的雅興，那些詩層出不窮，胃液一般一觸即發，是食糧，也是疼痛。我的大哥曾在大

學主編詩刊時期,曾再三要求舅舅將他腹中足有千首的詩章寫於紙上,以便他能挪移到他的刊物。不知道什麼原因,這件事遲遲沒有辦成。舅舅抬著原本受於外祖母的沒有焦點的眼眸,一切都如秋風過耳。一切都是虛無的,這點痕跡何苦淹留。不留痕跡,這就是舅舅的人生哲學。楓香驛曾經是他心底最為恬美的印痕,但不管如何想要留住,也只剩下殘垣斷壁,有什麼能比這更令人不捨呢。除此之外,所有的捨棄都不足掛齒。

「尚斌(我的舅舅)接受改造,被派到一個玻璃廠,他哪裡做過事,由於長期營養不良,人很瘦小,又是個書呆子樣子,手上,身上到處都是血口子,一道又一道。我姆媽顛著小腳偷偷跑到幾十裡地之外的那個玻璃廠去看他,回來後對著我一聲不吭,哭了三天三夜,最後才說了一句:你要想辦法把他從鬼門關拉回來,唉……是我的罪過啊。」外祖父在倒下的那一刻,似乎就附體於我的母親,因為那一刻之後,我的母親就成了一家之主。與外祖父比起來,母親不但要面對被革命,被批鬥,被改造的種種莫測變幻,還要面對極度的貧困和極度的孤寂。她將自己當成一座山,試圖在楓香驛的土地上創造神跡,在裹著小腳的外祖母,我的姨媽們和舅舅面前,我的母親試圖將所有肩負一身。我的母親有被命運奪不走的驕傲和勇氣。假如有一天她遺失了這份驕傲和勇氣,不是因為她屈服了什麼,而是因為命運遠比她想像的狡詐。

改造是一個語焉不詳的詞彙,在一個特定的國度,一段特殊的時期,它是一枚紮進血肉裡的針,穿過時間的縫隙,甚至會鑽進泥土深處。地底下,我的外祖父,曾外祖父,曾曾外祖父在這枚針的刺入中不得安寧。「去挖我太爺和爺爺墳的人,有些現在也應該入土了……很長日子後,我才聽說,我太爺的墳被挖開後棺材一點也沒腐爛,他們打開棺蓋時,一股青煙撲面而來,然後

他們就看見一隻足有臉盆那麼大的蘑菇長在太爺的胸口部位，人也沒有腐爛……但墳被他們挖開後，棺材裡的石灰都挖出來灑到田裡去了……」母親說這些話時，拳頭握得很緊，站在不遠處的我能聽到母親緊握的拳頭中傳來的骨骼聲。

　　七十年代末，舅舅在楓香驛的祖墳山上一個個修葺那些曾經被挖開的墳墓，一位老風水先生經過，指著我曾曾外祖父的墳地說：「這原本是一塊風水寶地，可惜被破了，可惜了啊，可惜了……」

08.

　　早春，屋簷下的冰凌剛落下最後一滴冰水，我的母親赤腳扶著犁尾在冰涼的水田裡翻土。春寒料峭，她的前面，脖子上繞著犁繩的瘦小黃牛奮力向前，一陣風，在黃牛的眼眶裡吹出了淚花。我知道，那時我的母親不超過十八歲，要經過將近二十四個年頭，我才能與她相遇，但這個場景我清晰可見，沒有假設，不需要想像，更不需要母親的轉述。一個耕夫，在母親的人生軌跡上，這個角色是在失去神的庇護後而出現的不可挽回的意外。對此，她別無選擇。我的母親唯一能夠選擇的，就是讓生命變得強悍。

　　穿過濃霧和寒冷，母親將全部的氣息都聚到喉嚨口。在一眼望不到頭的田壟和連綿起伏的山坳裡，回蕩著瘦小的母親讓人不可忽視的聲音。她不再被人看作是嬌小姐，她一個人掙的「工分」必須要養活一大家子人，她澈底地面朝黃土背朝天。青春歲月，母親只能向童年時光頻頻遙望以抵禦彎腰駝背的生活。而那個以和私塾老先生玩貓捉老鼠遊戲為最大煩惱的童年，只是天邊的一片的雲彩。一陣風後，便是烏雲密佈。

「我在東山挑水庫的時候,沒日沒夜。累了就在地上躺一會兒,渴了就到附近的山溝裡喝口水,吃的飯就不說了,一碗粥,你撈半個鐘頭也撈不出十粒米。就這樣,還二個月不讓你回趟家……我姆媽托了不少人,才把口信傳到我這,說就我挑水庫的這些日子,生產隊三天兩頭不給飯給她們吃……我真是氣得渾身發抖……」我不知道有多少人見過在解放初期靠人力一鋤頭,一簸箕挑出來的各式水庫,它們的蓄水量有些可以大到建造幾個發電廠。我只知道,在那些日夜兼程的愚公移山般的龐大工程中,有我不超過十八歲時的瘦小的母親,和她被烏雲所吞噬了的青春。在密密匝匝的青一色的大男人們中間,我的母親猶如一塊堅硬的磐石。

我不知道我至今對水域的恐懼,是因為童年時三次不慎落水幾乎喪命所致,還是因為在時空的甬道中與那時挑水庫的母親相遇所致?波濤湧動,個人歷史是水域深處不可觸及的暗礁,它隨潮水的起落而丈量著自己與海面的距離。我知道,大海沒有乾涸的時候,也許一座暗礁的記憶只是為了等待一面能駕馭波濤的風帆。

漩渦似的狂風中,蒙面人手持利刃,有人應聲倒地,一襲黑衣在夜幕下消隱。無際的海突兀地橫在路途之中,深不可測,波濤拍擊著岩石。蒙面人取下自己的面具,黑色斗篷沒入海水,他是一個偷盜者。在他的衣兜裡,傳世珠寶閃耀著刺目的光芒,在光芒的背後,一具屍體血肉模糊。黑夜與珠寶的光芒形成了一道難以破解的奇觀,一些人看到了光芒背後化解不去的深夜,更多的人則被一種假想式的光亮所蠱惑。在他們的交集中,惡與義,榮與辱界限不清。這是我醒著的時候經歷的一個夢境,它在我的內心裡像一組隨時可以播放的鏡頭。我冷靜地看著這些鏡頭在周遭遊動,一如母親沉著地立於開挖水庫的千軍萬馬之中。我一時

解釋不了它們就這樣沒有時間性地相連是外界的暗示,還是內心的遇合?此刻,我的思緒遊弋不定,但它無法為某一種固定的光亮所迷失。

「冬月,在開挖的水庫的亂石堆上,月塘的二達叔單衣單褲跪在碎石上,就因為他對著當時管理挖水庫的公社書記說了一句話。他對他說:『你們是頭戴雞蛋殼,假充大頭鬼』二達叔說的時候像開玩笑一樣,可能他還真是想開個玩笑。結果就那樣在大冬天裡跪了三天三夜。後來旺達叔得了傷寒,不久就死了。不過,那時,死個人跟死只螞蟻沒什麼兩樣,沒有人當回事。」在我的想像中,母親說的那個賤命的二達叔有一雙黃牛的眼睛,他憨頭憨腦的模樣也與一頭黃牛沒什麼區別,不過,他看上去比一頭牛還死得迅速。對此,我有諸多疑問,母親的回答語焉不詳。我知道,這不是因為母親缺乏解釋,而是缺乏耐心。在無數個與爛泥和碎石相隨的挑水庫的青春歲月裡,母親過多地消耗掉了她的耐力。

浩蕩的水在時間的長河中奔流不息,它們在一個又一個世界地圖上難覓蹤影的水庫中作短暫停留之後,輾轉入海。沒有人知道,水底下曾經有誰站立或倒下,如今,又是怎樣的一幅圖景。

09.

一間柴房走進我的視線,它簡陋得不值一提,又因為一個不能忽視的重大事件而成為楓香驛繞不開的話題。它座落於離外祖父書房五十米左右遠的一個角落。二十多平方的柴房中堆積著枯黃的松針,柴房中央,幾塊難以分辨的青石板與破舊的外觀形成巨大的反差,牆角處一個用土磚壘起來的專門囤積草灰的三角地

是我要強調的重點。因為，就這個小小的三角地，曾令我三位姨媽和舅舅度日如年，膽顫心驚。

那間小小的柴房在我外祖父的人生時光中，形同虛設。當然，這是針對他活著的時候而言。待他離世之後，柴房則和他產生了糾纏不清的瓜葛。即便是我的母親，也難以描畫一張我外祖父曾遊歷過的地方的完整路線圖，就我所知道的片斷式的訊息來判斷，我的外祖父在年輕的時候，就到達過當時中國最為活躍的地區。十里洋場的上海，他該來過不止幾次。在他的隨行的物件中，有清康熙、乾隆的銅錢，袁世凱頭像的銀元，民國的紙幣，還有一樣最具殺傷力的東西——美鈔。覽盡風景之後，遊子重歸故里，衣兜裡這些東西一樣不少被帶了回來，也許因為新奇，或者收藏的癖好，其中美鈔的比例遠遠大於其他。就是這些被帶回的美鈔，當它們在外祖父離世後，卻被我的大姨在那間柴房的三角地意外發現。這真是一種令人難以接受的意外。面對厚厚的一疊美鈔，我大姨渾身顫抖，莫大的恐懼讓她幾近窒息。待那疊美鈔經過劇烈的心理抗爭被轉移到正屋之後，我的舅舅和另兩位姨媽驚恐萬分地向彼此投去悲涼的目光，一聲不吭，如臨大敵。屋頂上正掛著「地主惡霸」、「土豪劣紳」的大旗，如果再加上一面「走資派」的大旗，楓香驛將遭受滅頂之災。

柴房那塊三角地裡曾經盛滿了草灰，那些沒有重量的隨風而起的灰塵曾經是楓香驛最為恬淡的炊煙。在紅衛兵的鐵鍬下，它們紛紛解體，無處安身，在風中四散。柴房內外，塵煙如蓋。根據麻二的指點，連房頂、瓦片中都藏著銀元，這樣極有隱蔽性的柴房更不能放過。按照麻二的說法，他就幾次看到我外祖父將畫紙帶到柴房，還指不定有更寶貝的東西，他們將鐵鍬深入地下深處。包括我的外祖母在內，沒有人知道他們找到了什麼，拿走了

什麼。柴房中，松針一地焦黃，灰塵淹沒了光線。

「為什麼他們當時沒拿走？是不是為了找個由頭，進行下一輪更嚴厲的遊行，批鬥？」這是我大姨的第一個疑問。「牆都被他們拆了，地也挖開了，這個不可能沒看到⋯⋯」我的舅舅附和。「這怎麼辦呢？怎麼辦呢？怎麼辦⋯⋯」我的另兩個姨媽哭著說。那個時刻，我的母親正在某座剛剛開挖的水庫為全家人掙第二天的「工分」。家中的緊迫她一無所知。面對從草灰中翻出來的一疊美鈔，我的舅舅和姨媽們就像面對一顆隨時會爆炸的定時炸彈。他們焦慮萬分，幾乎絕望。我知道，如今很少有人理解那是一種怎樣的心情，我只能解釋說，對此，已超越了詞語所能表達的邊界。

我的外祖母在如豆的油燈下，一聲令下：「燒了」。我的舅舅和姨媽們如釋重負，仍驚魂未定。燒了是否是最恰當的方式？他們是不是會因此而找到更大的把柄？他們猶疑不定，但沒有更好的出路。在楓香驛一貧如洗，食不果腹的漫長暗夜，讓那疊美鈔成為灰燼，是我外祖母在她保護自己孩子時的唯一選擇。

10.

即便是一艘航母停在我的面前，我也無法迴避她的背景──那茫茫無際，深不可測的海洋。只要我們將鏡頭拉開，以儘量遠的距離旁觀，我們就能清晰地看到，一艘航母受困於無際海面時的孤寂。那是一種力量被吞噬了的孤寂。如果你有足夠的遠見，從天空中俯瞰整個畫面，你就可以看到海水在她四周蔓延開來的荒蕪，脆弱不堪。無需我多言，一艘航母的力量也是相對的，我不能忽視她陷身於海洋時絕對的脆弱。這也許就是一艘航母的宿命。

第四輯　冷記憶

「修花涼亭水庫時，橋頭屋的幹民提出要和我比賽，我知道他看我是個小姑娘，覺得好欺負。比賽就比賽。既然要比賽就要公平，我提出在開飯時間，等大家都歇下來了，讓大家在一旁作證。不要到時候，我贏了他還說我要賴……那個幹民，我早知道他，沖著自己是貧下中農，出生好，一副死皮賴臉的樣子……結果一個鐘頭，我挑三方土，他才挑了一方。我們都是自己挖土，自己裝土，再挑走，那麼多雙眼睛，他賴也賴不掉……」我難以追溯我的母親是如何將自己的雙肩鍛鍊得如此有力？她驚人的力量和過度的堅韌在我幼小的心房裡一直是個謎。如今，當我試圖來解開這個謎時，彷彿正置身於潮水湧來前佈滿鵝卵石的海灘，一方面想著快速逃離，一方面又因沙石對雙腳的刺痛而邁不開腿。

作為我母親的女兒，我應該葆有與她旗鼓相當的堅韌和驕傲，在述說她的歷史時，避免憂傷。「楓香驛方圓百里地的人都對我服服帖帖，是因為我一個人做的田頂好幾個大男人加在一起做的。犁田，插秧，打溝，割穀……哪一樣我也比他們做得多，做得好……到七幾年時，我每回回楓香驛，七八十歲的齊伯總是接好遠路就開始叫：『鐘維，回來了，好些日子沒看到你了。』齊伯當了幾年的生產隊長，對我知根知底。他尊重我，我也很尊重他。」時過境遷，母親的記憶從未因時光的消磨而褪色，它們在母親的心裡牢牢地紮根。在與命運博弈的途中，母親的好記性也像是一種意外的宿命。母親不能忘記那些歲月，猶如不能忘記楓香驛的華年。雖然它們處於母親命運的兩極，卻同樣有著擺脫不了的夢幻般的特質。不管是噩夢還是美夢，它們都深深烙印於母親的生命之中。

從楓香驛的私塾和閨閣到爬滿螞蝗的水田和沒有白天黑夜，淹沒在一片鋤頭聲的水庫修建地，我的母親沒有過渡地進行

著最為澈底的變換。同時也與我的舅舅和姨媽們形成了完全不同的秉性。姨媽們像被過渡驚嚇的兔子，連到門外散步都小心謹慎，舅舅對一切置身事外，捂著起耳朵，蒙上眼睛，不聽，不看，更不想。我理解舅舅和姨媽們的改變，在朝不保夕的黑暗時光，這是他們在殘垣斷壁中所能保持的不完美的尊嚴。

四季不停地生長，而天黑了，似乎永遠地黑了，無窮無盡，無邊無際。扶著犁尾，肩上壓著百斤重擔，大地的氣息從母親的腳底蔓延到頭頂。

國家圖書館出版品預行編目

我幾乎看見了光 / 劉曉萍作. -- 臺北市：獵海人，
2025.07
　　面； 公分
　　ISBN 978-626-7588-30-7(平裝)

855　　　　　　　　　　　　　114009403

我幾乎看見了光

作　　者／劉曉萍
出版策劃／獵海人
製作銷售／秀威資訊科技股份有限公司
　　　　　114 台北市內湖區瑞光路76巷69號2樓
　　　　　電話：+886-2-2796-3638
　　　　　傳真：+886-2-2796-1377
網路訂購／秀威書店：https://store.showwe.tw
　　　　　博客來網路書店：https://www.books.com.tw
　　　　　三民網路書店：https://www.m.sanmin.com.tw
　　　　　讀冊生活：https://www.taaze.tw

出版日期／2025年7月
定　　價／430元

版權所有・翻印必究　All Rights Reserved
Printed in Taiwan